[ Author ] 柚本悠斗

[ Illust. ] magako

[ キャラクター原案 ] あさぎ屋

# クラスのぼっちギャルをお持ち帰りして清楚系美人にしてやった話

# 2

Class no botti GAL wo omotikaeri shite seisokei-bijin ni siteyatta hanashi

「その……水着、どうかな？」
［そうとめ あおい］
五月女 葵

［あさみや いずみ］
浅宮泉
「ほら、葵さん」

お祭りを満喫している
葵さんを見ていると安心するし、

泉や日和と一緒に
はしゃいでいる姿を見ていると
来てよかったと心から思う。

「ど、どうぞ……」

「小声でも聞こえてるからな！」
「第二ミッションクリア♪」
「完璧に間接キスだった」

# CONTENTS

Class no botti GAL wo
omotikaeri shite
seisokei-bijin ni siteyatta
hanashi

# クラスのぼっちギャルを
# お持ち帰りして
# 清楚系美人にしてやった話 2

柚本悠斗

GA文庫

カバー・口絵・本文イラスト
magako
キャラクターデザイン
あさぎ屋

# Prologue プロローグ

それは六月の上旬――。
紫陽花《あじさい》が見頃《みごろ》を迎えた、とある雨の日のことだった。

「五月女《そうとめ》さんだよね？」

「……明護《あかもり》君？」


俺《おれ》は近所の公園で、ずぶ濡《ぬ》れになっているギャルを拾った。

彼女は同じクラスの五月女葵《あおい》さんといい、学校でも有名なギャル。

学校をさぼり気味でほとんど登校せず、派手な金髪のロングヘアーという見た目もあって悪い噂《うわさ》が絶えない。人を寄せ付けない雰囲気があり、孤高のギャルといった感じの女の子。

同じクラスだが一度も話をしたことはなく、いつもなら絶対に声を掛けたりしない。

それでも放っておけなかったのは、葵さんの姿が初恋の女の子とダブって見えたから。

当時、同じ幼稚園に通っていた女の子。

その子はいつも教室の隅で一人寂《さび》しそうにしていて、話しかけてもほとんど返事をしてくれなくて、そんな姿が妙に気になって……気が付けば好きになっていたんだと思う。

「雨も酷《ひど》くなってきたし、そろそろ家に帰ったら？」

「……私、家がないの」

ただならぬ事情を察した俺は、葵さんを家に招き話を聞くことにしたんだが……。

その口から語られた事情は、耳を疑うようなものだった。

家計を助けるために学校を休んでアルバイトに明け暮れていた葵さん。

ある日アルバイトから帰宅すると、母親が男と一緒に失踪《しっそう》。アパートの家賃を滞納していて払える見込みがなく、仕方なくアパートを後にして公園で途方に暮れていたらしい。

そんな葵さんを見捨てることができず、俺の家で一緒に暮らすことを提案。

俺が高校二年になるタイミングで転校するまでの間、葵さんと二人きりの同居生活が始まった。

異性との初めての同居生活に戸惑いつつ、少しずつお互いに歩み寄っていく。

そんな中、葵さんが不良でもギャルでもないと知った俺は、葵さんの抱える問題を解決するために親友の瑛士《えいじ》と泉《いずみ》の力を借りて行動を開始することにした。

解決すべき葵さんの問題は二つ。

一つは学校内での悪評の改善。

もう一つは、俺が転校した後の居住問題。

後者については葵さんの唯一の身内である母方の祖母を頼ろうと思ったんだが、家がどこにあるかわからず、夏休みになったら本格的に探そうということで前者を優先。

クラスメイトと仲良くなるためにコミュニケーションを図ったり、教師の印象をよくするために奉仕活動に参加したり、テストで赤点を回避するために勉強合宿をしたり。

努力の甲斐あって葵さんの悪評は一学期のうちに概《おおむ》ね改善することができた。

全《すべ》てが順調にいっていると思っていたんだが……。

一学期の終業式当日、葵さんは俺たちの前から忽然《こつぜん》と姿を消した。

学校を抜け出し、やっとの思いで葵さんを見つけたのは俺の通っていた幼稚園。

そこで明らかになったのは、葵さんが俺の初恋の女の子だったということ。公園で葵さんを見た時に初恋の女の子を思い出したのは、葵さんがその子だったからに他ならない。

幼稚園を卒業して以来、約九年ぶりの再会に運命的なものを感じつつ——俺は葵さんが抱え込んでいた切実な想《おも》いと、俺自身が気づけずにいた葵さんへの想いを自覚した。

手を差し伸べられることに負い目を感じていた葵さんと、葵さんに手を差し伸べているつもりでいて、実は救われていたのは他でもない俺の方だったという事実。

もうどうしようもないくらい、俺にとって葵さんは必要な存在になっていたんだ。

本心を確かめ合った俺たちは改めて同居生活を続けることに。


こうして様々な問題を解決しながら迎えた夏休み――。

俺たちは改めて葵さんの祖母の家を探そうと計画していたんだが……まさか思いもよらない人物が俺たちの前に現れるなんて、この時はまだ思ってもみなかった。

# 第一話 水着姿で作戦会議

夏休みに入って数日後――。

少し遅めの梅雨《つゆ》が明け、いよいよ夏本番を迎えたある日。

「それにしても、すごい人だな……」

「本当だね。入場ゲートまでずっと人の列が続いてる」

俺《おれ》と葵《あおい》さんは汗を拭《ぬぐ》いながら、眼前に広がる光景に思わず声を漏《も》らした。

ここは田舎《いなか》ならではの広大な土地を利用した巨大複合レジャー施設で、各種スポーツ施設をはじめ、キャンプ場やドッグランなどの様々な設備を擁《よう》している場所。

そんな中、俺たちが向かっているのは県内最大の広さを誇る通称二万人プール。毎年夏休みになると県内外問わず多くのお客さんが集まる人気スポットらしい。

そのため、最寄りのバス停からプールに向かう道中は人で溢《あふ》れていた。

「そりゃ夏だもん。みんなプールに来たがるでしょ♪」

テンション高めに答えたのはクラスメイトの浅宮泉《あさみやいずみ》。

ナチュラルに色の薄い茶色のショートカットに、下がり目の愛くるしい瞳《ひとみ》が目を引く可愛《かわい》い系の女の子。元気すぎて困るくらいの、いわゆるクラスのムードメーカー的な存在。

クラス委員を率先して引き受けるくらいには責任感が強く、困っている人を見かけると頼まれもしないのに手を差し伸べまくる、度を越えた世話焼きタイプだったりする。

そのおかげで、俺も葵さんもずいぶん助けられているんだけどな。

「それにしても……さすがに人が多すぎないか？」

「前に泉と一緒に来た時に比べたら少ない方だと思うよ」

暑さを微塵《みじん》も感じさせない爽《さわ》やかな笑顔でそう言ったのは親友の九石瑛士《さざらしえいじ》。

幼い頃《ころ》に同じ幼稚園に通っていて、俺が父親の転勤でこの街を離れた後、再び戻ってきた際に中学校で再会して今に至る。俺の昔を知っている数少ない友達だ。

ちなみに泉と付き合っているんだが、元気いっぱいの泉とは違い物腰が柔らかく落ち着いた性格で、常に冷静で一歩引いたところで物事を眺めているようなタイプ。

対照的な性格の二人なのに上手《うま》くいっている理由が未《いま》だにわからん。

それはともかく――。

「これで少ない方？　嘘《うそ》だろ？」

改めて人の波に目を向けながらうな垂れる。

「ただでさえ暑いのに、人が多すぎて余計に暑苦しい……」

朝のニュースによると今日の最高気温は三十五度らしい。

梅雨が明けたとはいえ、いくらなんでも夏が本気を出しすぎだろ。

まだ午前中なのに日差《ひざ》しは強く、照り付ける太陽の光に汗が滲《にじ》んでシャツが肌にへばりつく。襟《えり》を掴《つか》んでパタパタと風をシャツの中へ送り込むが気休めにしかならない。

出発前に買ったペットボトルの水は早くも半分以上なくなっていた。

「晃《あきら》君はテンション低いなぁ。せっかく来たんだから上げていこうよ！」

「この暑さと人混みでテンション高くいられるのはおまえくらいだって」

不満を垂れていると、泉は俺以上に不満そうな顔で詰め寄ってきた。

小言の一つでも言われるのかと思ったが、泉は一転して悪戯《いたずら》っぽい笑みを浮かべる。

内緒話でもするかのように俺の耳元に顔を寄せて小さな声で囁《ささや》いた。

『まぁ、葵さんの水着姿を見たら嫌でもテンション上がるだろうけどね♪』

「ななな、なに言ってんだおまえは！」

『葵さんの水着、すっごいよぉ……』

なんだって――!?

『まさかあんな水着を選ぶなんて、意外と大胆なところもあるんだねぇ』

「マジですか!?」

思わず心の声が漏れて辺りに響く。

近くにいた人たちから怪しい奴《やつ》を見るような目を向けられ思わず両手で口を塞《ふさ》いだ。

泉がプールに行くと言い出した時、水着を持っていない葵さんのために泉が一緒に買いに行ってあげたのは知っていたが、どんな水着を選んだのかは聞いていない。

……マジでそんなすごいの？

「ねー葵さん♪」

泉はくるりと振り返って葵さんに笑顔を向ける。

「ん？　なんのお話？」

「な、なんでもないから！」

会話の内容なんて知るよしもない葵さんは笑顔を浮かべて可愛らしく首を傾げる。

葵さんには申し訳ないが、俺の頭が葵さんの水着姿の妄想でいっぱいになっていく。健全な男子高校生にとって妄想は義務みたいなものだから許して欲しい。

……できればビキニがいいなぁ。

「なんだかんだ言っても、晃君も男の子ってことだよねぇ」

「おまえはもう黙っててくれ……」

「ははは♪」

泉は悪戯をした子供みたいな顔をして瑛士の傍《そば》に逃げていった。

こうやってからかわれるのはいつものことだからいいとして。

「別にプールが嫌でテンションが低いわけじゃないんだ」

むしろ葵さんの水着姿が拝めるなら大歓迎。

それでも素直に喜ぶ気にはなれない理由がある。

「夏休みになったら葵さんのおばあちゃんを探そうって話だったろ？　こうやって遊んでる暇なんてないいんじゃないかって思うと、素直に楽しむ気にはなれなくてさ」

夏休みが一ヶ月以上あるとはいえ、悠長なことは言っていられない。

葵さんは夏休み中も喫茶店《きっさてん》のアルバイトがあるし、学校主催の奉仕活動に参加する予定もある。なおさら予定がない日は祖母の家探しに時間を当てたいのが本音。

「僕らも葵さんのおばあちゃん探しを優先したいと思ってるよ」

「だったら——」

「でもね、晃とこうして夏休みを過ごせるのも今年が最後だと思うと、葵さんのおばあちゃん探しと同じくらい晃との思い出も作っておきたいと思うんだ」

「そうそう。葵さんもそう思うよねー」

「うん。気持ちは嬉《うれ》しいけど、私も晃君と思い出を作りたい」

「みんな……」

転校を控えている俺にとっても、高校生活の中でみんなと過ごす最後の夏。

大学生や社会人になっても俺たちの関係は変わらず続いていくんだろう。

それでも、いずれ訪れる別れを前に惜しむ気持ちはある。できれば転校したくないが、それは無理だとわかっているからこそ少しでも多くの思い出を作っておきたい。

本音を言えば、俺が一番そう思っているのかもしれない。

「それにさ、おばあちゃん探しの話ならここでも休憩しながらできるでしょ?」

「……そうだな」

そこまで言われたら俺も楽しもうって気になってくる。

俺一人乗り気じゃなくて空気を悪くするのもあれだしな。

「せっかくだし今日くらいは楽しむか」

みんなの気持ちに感謝して気持ちを切り替える。

「ほら。入り口が見えてきたよ。葵さん行こ!」

「うん!」

「先に行ってチケット買っておくから荷物よろしく!」

「うん。慌てて転ばないようにね」

「私の彼氏は優しいな。愛してるぞ!」

「僕も愛してるよ」

泉は自分の荷物と葵さんの荷物を俺たちに渡すと、いつものように人目をはばからず愛を叫んでから葵さんを連れて走っていった。平常運転すぎて突っ込む気にもならない。

俺と瑛士は渡された荷物を手にゆっくりと二人の後を追う。

「焦《あせ》る気持ちはわかるけど慌てずにいこう。その方が葵さんにとってもいいと思う」

「葵さんにとっても？」

瑛士は二人の背中を見送りながら続ける。

「葵さんのために一日でも早くおばあちゃんを探してあげたいって気持ちはわかる。でも、それだけで夏休みが終わってしまったら、葵さんはきっと気に病むんじゃないかな？」

瑛士に言われてはっとさせられた。

「葵さんは僕らが協力することに感謝してくれているけれど、どことなく遠慮というか、負い目を感じているところがあるだろ？　僕と泉はその辺りを少し心配しているんだよ」

「……二人とも気づいてたんだな」

瑛士の言う通り、確かに葵さんはそういうところがある。

誰《だれ》かの優しさに感謝をする以上に、申し訳ないと感じてしまう性格。

終業式の日に葵さんが姿を消そうとしたのも、みんなの優しさに負い目を感じていたからだった。俺たちの善意が、知らず知らずのうちに葵さんを追い込んでいたんだ。

もうあんな失敗はしたくないと心から思っている。

「でも、最近の葵さんは変わってきた気がするんだ」

「変わってきた？」

「出会った頃に比べたらたくさん話をするようになったし、よく笑うようになったし、自分の気持ちを口にしてくれるようにもなった。理由はわからないけどね」

実は俺も瑛士と同じような印象を持っていた。

例えばさっき、瑛士が俺との思い出も作りたいと言ってくれた時のこと。

葵さんは泉に話を振られたとはいえ『私も晃君と思い出を作りたい』と具体的に想《おも》いを口にしてくれた。以前の葵さんだったら『そうだね』の一言で済ませていたはず。

些細《ささい》なことだと思われるかもしれないが、葵さんを知る俺たちにとっては大きな変化。

俺もそれとなく気づいていたが、瑛士たちもそう思うなら間違いないんだろう。

「きっとこれは、葵さんにとっていい変化なんだと思う。だから葵さんが気に病まないようにたくさんみんなで遊んで、しっかり葵さんのおばあちゃんを探して、ついでに時間があったら晃と思い出を作るくらいがちょうどいいバランスだと思うんだ」

「おいおい、いいこと言っておいて俺との思い出作りはついでかよ」

「他の予定に比べたらついでみたいなものだろう？」

「まぁ、そりゃそうだな」

瑛士の冗談に冗談で返したら、さらに冗談で返された。

瑛士が冗談を言うなんて珍しいが、話が重くならないように気を使ってくれたんだろう。

「瑛士の言う通りだ。危うくまた葵さんの気を病ませるところだったかもしれない」

「気にすることなんてないよ。相手のことを大切に想っているからこそ見落としてしまうことはあるし、それは僕と泉の間にもある。一人で全《すべ》てに目を向けられるほど僕らはまだ大人じゃないんだから、できることは協力していこう。友達っていうのはそういうものさ」

「そうだな……瑛士、ありがとうな」

「お礼なら泉に言ってあげて欲しい」

「泉に？」

「僕が今言ったことは、全部泉が言っていたことなんだ。晃が葵さんの誤解を解きたいとか、おばあちゃんを探してあげたいと思っているように、泉は泉で葵さんにもっと自分の気持ちを口にできるようになって欲しいらしいよ。いい意味で我儘《わがまま》になって欲しいんだってさ」

「そっか……」

　葵さんと出会った頃は俺がなんとかしなくちゃいけないと必死だった。

　でも今は、こうして俺以外にも葵さんのことを考えてくれる友達がいることが素直に嬉しい。

　俺が転校した後も、瑛士と泉がいてくれれば葵さんはきっと大丈夫だろう。

　全てが解決さえすれば、俺は安心してこの地を去ることができる。

　だからこそ、俺は俺がやるべきことを全うすればいい。

「そんなわけだから、今日は目いっぱい楽しんでよ」

「了解。そうと決まれば全力で遊ぶとするか！」

　二人の気持ちに感謝しながら、俺たちは泉と葵さんの後を追った。

「おお……すごいな」

更衣室で着替えを済ませて入場ゲートを抜けると、その広さに驚きの声が漏れた。

目の前に広がる広大な敷地に圧倒されながら近くにあった案内板を見てみると、その総面積は東京ドーム二つ分。さすが二万人プールと呼ばれているだけある。

敷地内には大人から子供まで楽しめる大小様々なプールの他に、全長三百メートルを超えるウォータースライダー。他にも売店やレストランなどの施設も充実しているらしい。

「これだけ広いと迷子になったら大変だな」

「そうだね。子供だけじゃなくて大人も迷子になるくらいだから」

なんて言った直後、場内のスピーカーから立て続けに迷子のお知らせが流れてくる辺りギャグかと突っ込みたくなる。

いくら田舎で土地が余っているとはいえ広すぎるだろ。

「これで人が少ない方か。多い時はヤバそうだな」

「晃は初めてなんだっけ?」

瑛士は入場ゲートの横にあるエアコンプレッサーで浮き輪を膨らませながら尋ねてくる。

「ああ。瑛士と泉は中学の頃に来たことがあるって言ってたな」

「うん。お盆中に来たんだけど、今日の倍くらいの人がいたと思う。人が多すぎてとても泳げたものじゃなかったから、夏休みになったら早めに行こうって泉と話してたんだ」

「なるほど。いい判断だと思う」

なんて話しているうちに浮き輪の空気入れが完了。

瑛士は浮き輪の一つを俺に投げてよこした。

「じゃあ、場所取りに行こうか」

「二人を待たなくていいのか？」

「女の子の着替えは時間がかかるからね。先に僕らで場所を確保して、決まったらメッセージで教えてあげればいい」

「そうだな」

こうして俺と瑛士は一足先に場所を確保しようとその場を後にする。

敷地内を眺めながら、瑛士の言う通り今日は少ない方なんだろうなと思った。

プール内はさほど込み合っている様子はなく、プール沿いの芝生エリアはレジャーシートやテントを設置している人が多くいるものの、場所を選べる程度にスペースが空いていた。

俺たちは木陰《こかげ》になっている場所にレジャーシートを広げ、荷物を置いて二人を待つ。

「おーい！」

しばらくすると聞き慣れた泉の声が響いてきた。

振り返った瞬間、泉の声が右から左へとすり抜けていく――。

「いい場所だね。ここなら日陰になってるから休憩場所としては最適♪」

喜ぶ泉の隣には、恥ずかしそうに荷物で胸元《むなもと》を隠している葵さんの姿があった。

「葵さん、荷物置いちゃお」

「あっ――」

泉は葵さんの荷物を奪うように手にする。

すると隠されていた水着姿が露《あら》わになった。

「おおぉ……」

葵さんが着ている水着は、白をベースとした彩《いろど》り豊かな花柄のフレアビキニだった。

カラフルな色合いながら派手すぎることはなく、むしろ上品にすら見えるのはベースが白地の水着だからか、それとも身に着けている本人から溢れ出る雰囲気からだろうか。

布面積も少なめなのに、いやらしさよりも清純さが際立《きわだ》っているように見える。

なにより下ろしていた髪をポニーテールにしているのが高ポイント。図らずとも目にしているうなじは、へそチラ、透けブラと並ぶ、男子高校生厳選・夏の三大風物詩の一つ。

幸先がいいから、この夏はぜひともコンプリートしたいところ。

ちなみに俺の一押しはうなじだけど、みんなはどれが好きだろうか？

「あれあれ～？　晃君、ちょっと鼻の下が伸びすぎなんじゃな～い？」

「伸びてないわ！」

二ミリくらいしか伸びてないわ！

咄嗟《とっさ》に反論したくせに視線を外せない辺り、我ながら説得力が皆無だと思う。

ちなみに泉が着ている水着は、黄色をベースにしたオフショルタイプのビキニ。

派手な色合いが天真爛漫《てんしんらんまん》な泉らしく、いかにも健康的な美少女といった感じでよく似合っている。歩く度にフリルがヒラヒラと動き、煽情的《せんじょうてき》な揺れに嫌でも目を奪われそう。

その証拠に周囲にいる男性たちの視線が泉の胸元に集まっている。

ちなみにフレアだのオフショルだの、なんで女性の水着に詳しいのかって？

葵さんが泉と水着を買いに行って以来、どんな水着を買ったのか気になりすぎてネットで調べながら脳内でファッションショーをしていたからだなんて死んでも言えない。

自分が女の子の立場だったら水着姿を想像されるとか気持ち悪すぎるが……さっきも言った通り、妄想は男子高校生の義務なのでどうか秘密にしておいて欲しい。

「ほら、葵さん」

「う、うん……」

すると泉は葵さんの背中を押して俺の前に立たせた。

葵さんは恥ずかしすぎて今にも泣きそうな表情を浮かべている。

なんだろう……別に妄想以外はなに一つ悪いことをしていないのに、葵さんのこんな表情を見ていると背徳感というか罪悪感というか、それらに似た感情が溢れてくる。

「えっと、その……水着、どうかな?」

「え――!?」

意外な一言すぎて思わず声を上げてしまった。

まさか葵さんが感想を求めてくるなんて思ってもみない。

「いや……それは、その……」

顔を真《ま》っ赤《か》にしている葵さんを見て、こっちまで恥ずかしさが込み上げてきた。

葵さんは恥ずかしい時、顔を赤くしながら手で隠してしまう癖《くせ》があるんだが、今は必死に耐えているのか顔を隠さずに右手で左腕を摑んでいる。たぶん少しでも身体《からだ》を隠そうとしているんだろうけど、豊かな双丘をナチュラルに寄せて上げていて余計に煽情的。

そりゃ最高に似合っているし、できれば写真の一枚でも撮らせて欲しいと懇願《こんがん》したくもなるけれど、そんなことを言ったらこれまで積み上げてきた信頼を失うこと間違いなし。

写真は我慢するから、せめてもう少し眺めさせて欲しい。

「ほら、女の子が感想を聞いてるんだから気の利《き》いた台詞《せりふ》の一つも言ってあげないと♪」

すると泉が急《せ》かすように感想を求めてくる。

ただでさえ女の子を褒めるのは恥ずかしいのに水着姿ってハードルが高すぎるだろ。

泉に上手いこと誘導されたような気がしてならない。

「す……すごく似合ってるよ」

言った瞬間、顔に火が付いたかと思うほど熱くなった。

「あ、ありがとう……」

「どういたしまして……」

ああもう、恥ずかしすぎる！

葵さんも恥ずかしさに耐えられなくなったのか手で顔を隠してしまった。

「「…………」」

この空気どうしてくれるんだよ！

「本当はね、あんまり肌が出ない水着にしようと思ったの。でも泉さんが、高校生はビキニを着ないとダメなんだよって言うから……でも頑張ってチャレンジしてよかった」

思わず泉に視線を向ける。

すると泉は『感謝しろ』と言わんばかりにドヤ顔でピースをしていた。

葵さんは純粋すぎて人に言われたことをなんでも信じてしまうところがある。

例えば、テスト前にうちで勉強合宿をした時に泉から『合宿といえば夜食』だとか『女子会といえば一緒にお風呂《ふろ》』とか適当なことを吹き込まれて信じきっていた。

つまり、ビキニを選んだのも自分から感想を求めてきたのも全部泉の入れ知恵だろう。

また変なこと教えやがってと思いつつ、今回ばかりは心の底から感謝せずにはいられない。

うん。こういうことならどんどん教えてあげて欲しい。

次回も期待しています。

「よーし。じゃあ、さっそく遊ぼっか！」

泉はそう叫ぶと、置いてあった浮き輪を拾って流れるプールに向かう。

浮き輪をプールに浮かべ、プールサイドから器用に飛び乗って見せた。

あれだ、浮き輪の輪の部分にお尻《しり》をすっぽり収めて浮かぶ感じ。

「みんなも早く～！」

泉は手招きをしながら流されていく。

「僕らも行こうか」

「ああ。葵さんも行こう」

「うん。でも、その……」

「どうかした？」

葵さんは気まずそうに口にする。

「私、あんまり泳げなくて……」

「大丈夫。足がつく深さだし浮き輪もあるし、なにかあっても俺が傍にいるからさ」

「うん。ありがとう」

安堵《あんど》の表情を浮かべる葵さんと一緒にプールサイドへ向かう。

俺が先にプールの中に入って浮き輪を支えると、葵さんは泉と同じようにお尻を輪の中にすっぽりと収める感じで乗った。

「よし。行こうか」

「ゆ、ゆっくりお願いね」

「ああ」

浮き輪を押そうと後ろに回り込むと、意図せず葵さんのうなじが目に留まった。

まさに役得。密《ひそ》かに葵さんのうなじを堪能しながら進み泉たちと合流。浮き輪の上でじゃれ合っている二人を眺めながら、流れに身を任せている時だった。

「晃、あれ」

「ん？」

瑛士が珍しくなにかを企《たくら》んでいるような表情を浮かべて遠くを指さしている。

その先に視線を送ってみると、プール上に大きなバケツが設置されているのが見えた。

あれだ。時間経過で水が溜《た》まっていき満杯になると大量の水がぶちまけられるやつ。

こうして眺めている間にも満杯になった水が勢いよく流れ落ち、その下では頭から水をかぶった人たちが楽しそうにはしゃいでいる姿が見えた。

「なるほど……」

思わず悪戯心に火がついた。

瑛士の意図を理解した俺は、そんなそぶりは一切《いっさい》見せずに二人をバケツの下へ誘導する。

「ちょ、ちょっと待って二人とも！」

しばらくして泉が焦った様子で声を上げた。

「ん？　どうかしたか？」

「どうかしたかじゃなくて、このままじゃ――」

気づいた時には既に遅く、浮き輪に乗っている泉と葵さんに進路を変える手段はない。

バケツから水が溢れるタイミングを計って一気に下に突っ込んだ。

「「キャー！」」

悲鳴を上げる泉と葵さん。

「もー！　なにしてんの！」

泉はびしょ濡《ぬ》れになった髪をかき上げながら笑顔で文句を言い放つ。

「いやー手が滑ったわ」

「嘘！　絶対わざとだ！」

キャンキャン吠《ほ》える泉を瑛士に任せて葵さんの様子を窺《うかが》う。

「葵さん、大丈夫だった？」

「うん。大丈夫。ちょっとびっくりしたけど楽しかった」

葵さんは水を払いながら笑顔を浮かべてそう言った。

「よーし。じゃあ、もう一丁いくか！」

「はぁ⁉　ちょっと待って、お化粧落ちちゃうから！」

「化粧なんて放っておいても落ちるから気にするな！」

「気にするっての！」

泉の言葉に聞く耳を持たず、四人揃《そろ》って次のバケツの下に突っ込む。

勢い余って浮き輪から転げ落ちる泉を眺めつつ——来る直前までは気乗りじゃなかったくせに遊び始めた途端に楽しんでいる自分に驚いていた。

これも全部、泉と瑛士のおかげだなと思うと感謝しかなかった。


そんな感じで午前中はプールで遊んだりウォータースライダーで遊んだり。

楽しい時間はあっという間に過ぎ、気が付けば時計の針が正午を過ぎた頃。

お腹《なか》が空いた俺たちは、お昼を食べようと施設内にあるレストランに足を運んでいた。

それぞれが好きなものを注文し、四人掛けのテーブル席に座って箸《はし》を進める。

「まだ二時間ちょっとなのに、もう肌が赤くなってきちゃった」

泉は冷やし中華をすすりながら日焼けした自分の腕を眺めていた。

泉に言われて自分の腕を確認してみると確かに赤くなっている。別に日焼けをするのはいいんだが、今日と明日の夜あたりはお風呂に入るのが地獄だろうなと覚悟しておく。

「葵さんは平気そうだね」

「うん。私は日焼け止め塗ってあるから」

「そうなの？　わたしも持ってくるんだったなぁ」

「泉は気にするタイプじゃないだろ。中学の頃、夏はいつも真っ黒だったし」

「わたしだってそういうのを気にするお年頃《としごろ》なんですー」

泉は口を尖らせながら不満の声を上げる。

「お昼を食べ終わったら私の日焼け止め貸してあげる」

「いいの!?」

「うん。ロッカーに置いてきちゃったから後で取りに行こ」

「葵さん、ありがとう！」

泉は葵さんに抱き付いて頬《ほお》ずりしながらお礼の言葉を口にする。

最初の頃、葵さんは泉の過剰なスキンシップに戸惑いの色を見せていたが、最近は慣れてきたのか、抱き付かれても自分から抱き付き返したりして見ていて微笑ましい。

これが男同士だったらと思うとげんなりするが、女の子同士は悪くない。

「さて、休憩しながら今後の作戦会議でもしようか」

しばらくして食事を終えた頃、瑛士が話を切り出した。

「晃の言う通り、のんびりしていられないのも事実だからね」

「そうだね」

とはいえ、現状は有力な手掛かりはない。

まずは改めて状況を整理する必要がある。

「夏休みになったら葵さんの記憶を基に、県内の市町村を全部回るくらいの気持ちでいたんだけど……よくよく考えると一ヶ月で回り切るのは不可能だ。地域を絞って探さないときりがない。だからまず、改めて葵さんに聞いておきたいんだけど」

葵さんは俺の言葉に小さく頷《うなず》く。

「葵さんはおばあちゃんがどこに住んでるかわからないんだよね？」

「うん。最後に会いに行ったのは両親が離婚するちょっと前だから、小学校一年生の時だと思う……まだ小さかったからどこの町かわからないし、お家までの道順もわからないの」

「そっか……」

もう九年も前の話。しかも小学校一年の頃のことなんて覚えてなくて当然だ。

だとしたら、些細なことでもいいから情報が欲しい。

「なにか覚えてることはないかな？　どのくらい離れていたとか、近くになにがあったとか。なんでもいいから情報があれば、ある程度場所を絞れるかもしれない」

「そうだな……」

葵さんは口に手を当て、記憶を探るように視線を泳がせる。

しばらくすると思い出したことを順に口にし始めた。

「たぶんだけど……家から車で一時間くらい離れてたと思う。おばあちゃん家の周りは田んぼと山に囲まれてた。あとは……近くに神社があって、夏に行った時にお祭りをやってた。おばあちゃんに連れてってもらったのを覚えてる」

俺たちが住んでいる街から車で一時間くらいの場所で、田んぼと山に囲まれた地域。

つまり典型的な田舎ということだろう。

ただ……。

「「「……」」」

思わず黙り込んでしまったのは、誰もがその情報から探し出すのは難しいと思ったから。

俺たちの住んでいる県は海がなく、都市部を離れれば山に囲まれている場所の方が多い。典型的田舎町《いなかまち》ばかりであるが故に、葵さんの情報に該当する場所が多すぎるからだ。

たとえるなら太平洋に逃げ込んだメダカに石を投げて当てるようなもの。

それでも今ある情報から絞るとしたら――。

「とりあえず県南ではないだろうな」

「そうだね。僕もそう思う」

俺はスマホで地図アプリを開き、みんなにも見えるようにテーブルに置いた。

「俺たちが住んでいる県は山に囲まれてる地域が多いけど、県南側方面に車で一時間となると市街地が中心で山間部はない。県南の可能性は極《きわ》めて低いと思う」

「県東も違うだろうね。田舎は田舎だけど開けている土地が多いはずだから、条件に当てはまるとすれば県北か県西が有力だと思う。ただ、十年近くも前となると市町村合併とか都市開発も進んでるから、もしかすると葵さんの記憶と変わってるかもしれない」

「確かに、意外と見落としてしまうかもな……」

ある程度の地域を絞れたのはいいが、探す範囲が広いことに変わりはない。

地図で県北と県西地域を表示する。

この中から探せと言われても……。

「「「「…………」」」」

本日二度目の沈黙。さすがに空気が重すぎる。

本当に夏休み中に見つけることができるんだろうか？

「あーもう！　みんな暗い顔しないの！」

不意に泉がお通夜みたいな空気を吹き飛ばすように声を上げた。

「ある程度場所が絞れただけでも御の字だって。初めは片っ端から探すつもりだったんだし、探してるうちに葵さんも色々思い出すかもしれないし。情報が少ないのはわかってたことなんだから今さら辛気臭い空気出さない！　はい、みんな笑って！　ほら晃君も！」

「痛い痛い痛い！」

わかったから俺の頬を無理やり引っ張るなって。

ていうか、なんで俺の顔でやるんだよ。瑛士でやれよ。

「でもそうだな。泉の言う通りだ」

痛む頬をさすりながら思う。

こういう時、泉のポジティブすぎる性格には本当に救われる。一番不安なのは葵さんなのに、俺たちまで落ち込んでいたら余計に葵さんを不安にさせてしまうだろう。

途方もないことだとしても、せめて葵さんの前では明るく振舞おう。

こうなったらしらみつぶしに探してやろうと気合を入れ直す。

ただ、一つだけ懸念《けねん》していることがあるとすれば――。

「県北と県西を中心に探すにしても、一日に探せる範囲は限られるよな。電車やバスで移動するだけで結構な時間が掛かるだろうし……なにか効率がいい方法があればいいんだが」

「それなら僕に考えがある」

瑛士はまるで言葉を用意していたかのように即答した。

その隣では泉が得意げな笑みを浮かべている。

「うちの別荘を拠点にするのはどうかな？」

「別荘？」

瑛士の家って別荘を持ってるのか？

「ずいぶん昔に祖父が買った別荘が県北にあるんだ。県北、県西エリアを探すならそこを拠点にした方が効率いいと思う。もう二年以上もほったらかしで持て余しているんだけど、両親に掃除や片付けをする代わりに使わせて欲しいってお願いしてみたんだ」

「お願いしてみた？　もう相談済みってことか？」

瑛士は当然とでも言わんばかりの笑顔で頷いた。

「葵さんのおばあちゃんの家が田舎だって聞いていたからね。僕と泉で事前に話し合って、県北か県西だろうって目星はつけていたんだ。そうなると移動時間がネックになるのは明らかだったから、両親に話をつけておいたってわけさ」

「瑛士、おまえ……」

まさか先回りしてそこまで手配してくれていたなんて。

「晃が早く葵さんのおばあちゃんの家を探してあげたいと思ってるのはわかっていたからね。僕らだって晃が焦っているのを知っていながら能天気にプールに誘ったりしないよ」

「そういうこと～♪」

泉がしてやったりな顔で俺の顔を覗《のぞ》いてくるが、今だけは好きなだけしてくれていい。

今まで何度思ったかわからない……持つべきものは友達だって。

「二人とも、ありがとうな」

「私からもお礼を言わせて。瑛士君、泉さん、ありがとう」

俺と葵さんは一緒に二人に頭を下げる。

なにからなにまで二人には助けられてばかりだ。

「お礼なんていいよ。それよりいつから別荘を使わせてもらおうか」

そうだな……すぐにでもお願いしたいところだが。

「八月の頭からにしてもらえると助かる。日和《ひより》も協力してくれることになってるんだけど、こっちに帰ってくるのが月末なんだ。葵さん、アルバイトのシフトは大丈夫そう？」

「うん。店長に相談すれば大丈夫だと思う」

「じゃあそうしよう。出発は八月一日の朝――」

途方もないとしても、立ちどまっていては始まらない。

今はできることから一歩ずつやっていこう。

「よーし。どうするか決まったことだし打ち合わせ終了。午後も目いっぱい遊ぼう！」

こうして泉の号令の下、俺たちは食器を片付けてレストランを後にする。

午後の厳しい日差しの中、俺たちは暑さを忘れるようにプールを満喫したのだった。

# 第二話　九年ぶりの再会

「じゃあ、また連絡するよ」

「ああ。気をつけてな」

「二人もね！」

日が落ちかけた頃、地元に戻ってきた俺《おれ》と葵《あおい》さんはバス停で瑛士《えいじ》と泉《いずみ》を見送っていた。

あの後、なんだかんだ閉園の十七時まで遊び倒し、最寄りのバス停まで帰ってきたのは十八時過ぎ。日は傾《かたむ》き始めているものの、夏ということもあってずいぶん明るかった。

「俺たちも帰ろうか」

「うん。そうだね」

二人の姿が見えなくなってから俺たちもバス停を後にする。

家まではそう遠くないが、この辺りは学校や葵さんのアルバイト先とは反対方向のため、普段の俺たちの生活圏からは少し離れた場所。

今歩いているこの道も、今回みたいな用事がなければ滅多《めった》に使わない道だった。

「さすがに遊び疲れたな。身体《からだ》がちょっと気だるいよ」

「私も。今日はよく眠れそうだね」

「帰ってから夕食の支度《したく》をするのも大変だから、少し早いけど食べて帰ろうか。そうすればお風呂《ふろ》だけ入って寝たくなったらいつでも寝られるしさ」

「そうだね。そうしよっか」

「葵さん、なにか食べたいものある？」

「そうだなぁ……」

近くにいいお店がないか調べようとスマホを取り出すと、ちょうど泉からメッセージが送られてきた。なんだろうと思う間もなく、立て続けに十回以上も通知音が鳴り響く。

さすがに嫌がらせだろと思いながらメッセージアプリを開くと。

「なっ……これは⁉」

画面に表示されたのはメッセージではなく画像。

なんと、泉から送られてきたのは水着姿の葵さんの写真だった。

葵さんが一人で写っている写真や泉と二人で写っている写真。もちろん俺と写ってる写真もありつつ、さらには明らかに隠し撮りだろうと思われるきわどい写真まである。

写真を送り終えたのか、最後に一通のメッセージが送られてきたんだが。

『今日のおかずに使ってね♪』

余計なお世話だわ！

でもありがとう。俺はおまえを信じていたよ！

ああもう……早く帰って自室に籠《こも》り頭から布団《ふとん》を被ってじっくり見たい。

この写真は一生大切にする。いや、一生どころじゃない。明護《あかもり》家の家宝として今後数百年にわたり、子々孫々まで命脈を絶やすことなく大切に受け継がせていくことにしよう。

感動のあまり我ながらバカなことを誓っている時だった。

「晃《あきら》君、どうしたの……え？」

葵さんが隣にいるのを忘れて天を仰《あお》いでいると、不意に俺のスマホを覗《のぞ》き込んできた。

まずい——そう思ってスマホを隠そうにも既に遅い。

「これ……今日の写真？」

「違うんだ！　これは泉が勝手に送ってきて、俺が頼んだわけじゃなくて——！」

めちゃくちゃ言い訳っぽいけど俺が言っていることは嘘《うそ》じゃない。

ただ、そこに下心があるから身の潔白は証明できそうにないのが困りもの。

「すぐ消すから！」

さすがに本人に見られた以上、こっそり保存するわけにもいかない。

表向きは『泉の奴、隠し撮りなんかして困った奴《やつ》だよな』とでも言わんばかりに平静を装いながら、心の中では決壊したダムの如《ごと》く涙を流しながら削除しようとした時だった。

不意に葵さんが俺の手を摑《つか》んだ。

「べ、べつに……消さなくてもいいんじゃないかな？」

「え……？　いいの？」

そうは言っても葵さん、顔を真っ赤《まか》にしながら視線を泳がせている。

どう見ても恥ずかしがってるようにしか見えないんだけど……。

「でも葵さん、こういう写真を残しておくの恥ずかしいんじゃないかと思ってさ」

「恥ずかしいよ。恥ずかしいけど……思い出でしょ？」

ふと、今朝《けさ》プールに向かう時に話していたことを思い出した。

一緒に過ごす高校生活最後の夏だから、俺との思い出を作りたいと言ってくれた瑛士。泉も葵さんも、祖母の家探しだけではなく思い出を作りたいと言ってくれた。

「消さなくていいから私にもちょうだい」

「葵さん、自分の写真が欲しいの？」

「そうじゃなくて……晃君と一緒に写ってる写真が欲しい」

葵さんは頭から湯気が出そうなほど顔を真っ赤にして俯《うつむ》いた。

「そ、そっか。わかった。すぐ送るよ！」

慌てて写真を保存して葵さんのスマホへ転送する。

「これで全部かな」

「うん。ありがとう。大切にする」

恥ずかしがりながらも満足そうな笑顔を浮かべている葵さん。

なんかもう、照れている葵さんを見ている俺の方まで恥ずかしくなって直視できない。

今の俺は絶対に顔が赤いと思うけど、どうか夕日のせいってことにしておいて欲しい。

「それで、今日の夕食はなににしようか！」

「そ、そうだね。なににしようか」

恥ずかしさを吹き飛ばそうとテンション高めに話を戻した時だった。

不意に葵さんが足をとめて辺りを見渡した。

「どうかした？」

「うん。私が前に住んでいたアパート、この近くなの」

「え？　そうなの？」

話に気を取られながら歩き、気が付けば閑静《かんせい》な住宅街に来ていた俺たち。

比較的新しい戸建ての住宅が多く並ぶ中、いくつかの集合住宅も目に留まる。

終業式の日に瑛士に言われて思い出したことだけど、俺と葵さんは同じ幼稚園出身。

同じ幼稚園に通っていたということは、お互いの家はそう遠くない場所にあったんだろうと思っていたが、想像していた以上に近くだったらしい。

「つい二ヶ月前のことなのに、ずいぶん前のことのように感じるな……」

葵さんは辺りを見回しながらポツリと呟《つぶや》いた。

その姿を見て、葵さんと出会った時のことを思い出す。

当時の葵さんの事情を知っている身としては、葵さんがどんな思いでこの景色を眺めているかは想像に難しくない。その心境は決してポジティブなものではないはずだ。

葵さんは少しだけ愁《うれ》いを帯びた瞳《ひとみ》を浮かべていた。

「せっかくだし、少し寄ってく？」

そう尋ねると、葵さんは小さく首を横に振った。

「やめておく。今の私のお家は、晃君のお家だから」

「そっか……」

そう言って笑顔を浮かべる葵さんを見て思う。

葵さんには色々あって、俺たちの間にも色々あった。

だけど、今こうして笑顔でいてくれるだけで充分だと思う。

わざわざ過ぎ去った悲しい過去を振り返る必要はないのかもしれない。もしいつか嫌でも振り返らなければいけない時が来るとしても、きっとそれは今じゃない。

時間が解決するか、心の整理がきちんとできた時だろう。

「夕食、葵さんはなに食べたい？」

「そうだな。えっとね――」

改めて尋ねた時だった。

「……葵？」

足音と共に聞き覚えのない声が葵さんの名前を呼ぶ。

ただならぬ雰囲気の声音《こわね》に振り返ると、そこには知らない男性の姿があった。

見た目は四十歳くらいだろうか。スーツに身を包んだ、いわゆる仕事ができそうなサラリーマンといった感じの男性は、驚きとも疑いとも取れる視線で葵さんを見つめている。

……名前を知っているということは葵さんの知り合いだろうか？

知り合いにしてはやけに年上だな、なんて思った直後。

「……お父さん？」

「え——？」

まさかの言葉が耳を通り抜けていった。

この男の人が、葵さんのお父さん……？

「やっぱり葵か！　よかった……探していたんだ。大きくなったな……」

安堵《あんど》の表情を浮かべる父親とは対照的に、葵さんの顔に困惑の色が滲《にじ》む。

「どうしてお父さんが……ここに？」

「母さんから連絡があったんだ」

「お母さんから？」

「ああ。葵を引き取って欲しいってね」

「え……？」

父親の言葉に、葵さんは亀裂が入ったかのように顔を歪《ゆが》めた。

こんなにも悲痛な表情を浮かべる葵さんを見たのは初めてだった。

「教えてもらった住所に来てみたら、大家さんからアパートを出て行ったと聞いてね。この一ヶ月間、時間を見つけてはこの辺りを探していたんだ……会えてよかった」

あまりにも突然すぎる展開に状況を理解するだけで精一杯。

ただ、どうしてか……自分の心が妙に嫌なざわつきを覚えて仕方がない。

「立ち話もなんだから、近くの喫茶店《きっさてん》に入ってゆっくり話をしよう。隣の彼は……学校の友達かな？　申し訳ないけど葵と二人で話がしたいんだ。失礼させてもらうよ」

父親が葵さんを連れて行こうとした時だった。

「……葵さん？」

不意に葵さんが俺の手を摑んで握り締める。

その手がわずかに震えていたのは気のせいなんかじゃない。

「晃君も……一緒に来て」

「俺も？」

まさか葵さんがそんなことを口にするとは思わなかった。

すがるような瞳を前に、断る選択肢なんてあるはずがない。

「俺もご一緒させてください」

「君も一緒に？」

葵さんの前に立ち、庇《かば》うように父親と対峙《たいじ》する。

父親は驚きとも困惑とも取れる表情で俺を見つめていた。

「葵さんの事情は全《すべ》て知っています。これまで葵さんになにがあって、この二ヶ月間どんな生活をしてきたのかも。俺からもお話しできることがあると思います」

父親は一瞬だけ考えるような仕草を見せた後。

「……わかった。じゃあ三人で話そうか」

あまりにも突然のことに未《いま》だ理解は追いついていない。

それでも、明らかに動揺している葵さんを放っておくことはできなかった。

＊

その後、ゆっくり話せる場所を求めて喫茶店へ足を運んだ俺たち。

夕方ということもあり店内は空いていて、店員から好きな席に座るように促された。

込み入った話になるからだろうか。父親は他のお客さんを避けるように俺たちを一番奥の四人席へと誘導し、俺と葵さんが並んで座って葵さんの正面に父親が腰を掛けた。

注文した飲み物が運ばれてくると、少しの沈黙を経て父親が話を切り出す。

「こうして会うのは九年ぶりか……元気にしていたかい？」

「うん……」

「そうか。それはよかった」

明らかに気まずい空気が二人を包む。

九年ぶりの再会ともなれば、それも仕方がないのかもしれない。

「……ずっと会ってなかったのに、よく私だって気づいたね」

「ああ。お母さんがたまに写真を送ってくれていたからね」

「そっか……」

葵さんは俯いたままで、父親と視線を合わせようとしない。

少なくとも、久しぶりの親子の再会を喜ぶような雰囲気ではなかった。

「突然現れて驚かせてしまったと思う。まずは説明をさせて欲しい」

挨拶《あいさつ》代わりのような当たり障りのない会話を終えると、父親は手にしていたグラスを覗きながらゆっくりと話し始めた。

「一ヶ月と少し前、六月の中旬頃《ごろ》――お母さんから葵を引き取ってくれとメッセージが送られてきたんだ。葵が一人で住んでいると聞かされて、慌てて教えてもらったアパートに足を運んだものの、そこに葵はいなかった。大家さんに連絡を取ってみたら、家賃を滞納していたため少し前に退去したと聞かされた」

六月の中旬頃……俺が葵さんと暮らし始めて二週間後くらいか。

話に時期的な齟齬《そご》はない。母親から連絡があって探していたというのは本当だろう。

わかってはいたことだが、母親のクズ親ぶりに改めて怒りが込み上げてくる。家庭のために娘にアルバイトをさせ、自分は男を作って出て行った挙句、別れた夫に押し付ける。

放っておかなかっただけマシだと思う人もいるかもしれないが、それは違う。

これは母親にとって、もう葵さんは必要ないという意思表示。

つまり、娘との完全な絶縁を意味している。

とても娘の身を案じて夫に連絡をしたとは思えなかった。

「行方《ゆくえ》がわからず、せめて葵の通っている高校がわかればと思って母さんに連絡をしたんだけど返事はなかった。今までも一方的に連絡をしてくるだけで、こちらからの連絡に返事をくれたことはほとんどなかったから期待はしていなかったんだけどね……だから時間を見つけては、この辺りを探していたんだ」

時間を見つけてはか……。

スーツ姿を見る限り、今日も仕事終わりに探していたんだろうか。

「時間は掛かったけど、こうして会えてよかった……」

出会った時のように安堵の表情を浮かべる父親。

だけど、葵さんは変わらず硬い表情で俯いたままだった。

「ところで……君と葵はどんな関係なのかな？」

父親は黙り込む葵さんを見て会話に困ったんだろう。

視線を俺に移して尋ねてきたが、正直なんて答えるべきか迷った。

葵さんは先ほどから黙って俯いたまま、父親と目を合わせようとすらしない。その姿を見る限り動揺しているのは明らかで、とても冷静に話ができる状態とは思えない。

それなら俺から事情を説明した方がいいと思った。

「ご挨拶が遅れてすみません。俺は葵さんのクラスメイトで明護晃といいます」

「晃君か。葵の事情を知っていると言っていたけど……」

父親の言葉に頷《うなず》いて見せ、俺は早々に伝えるべき事実を口にする。

「包み隠さずお話をすると、葵さんは今、俺の家で一緒に暮らしています」

「一緒に暮らしている？」

驚いた様子を浮かべる父親に、俺は順を追ってこれまでの経緯を説明し始めた。

六月上旬、とある雨の日に葵さんと出会ったこと。

葵さんの事情を知り、俺が転校するまでの間、一緒に暮らすことを提案したこと。俺の家族は父親の転勤で引っ越して今は二人暮らし。このことは俺の親も知っているということ。

男女の二人暮らしとはいえ、やましいことは一切《いっさい》ないということも。

「そうだったのか……」

説明を終えると、父親はわずかに眉《まゆ》をひそめて頷いた。

いくら俺の親が許可しているとはいえ、やましいことはなにもないとはいえ、まともな父親なら実の娘が男と二人暮らしをしていると知って心中穏やかではいられるはずがない。

相応のことを言われるだろうと覚悟をしていたんだが。

「葵を保護してくれてありがとう」

「……は？」

父親は深々と頭を下げて見せた。

目にしている姿が意外すぎて頭の中に疑問符が浮かぶ。

「晃君が葵と一緒にいてくれなかったら、きっと今頃《いまごろ》大変なことになっていただろう。高校に通い続けることもできなかったかもしれない。父親としてお礼を言わせて欲しい。機会があれば晃君のご両親にも、きちんとご挨拶をさせてもらいたい」

「…………」

娘のためにこうして頭を下げられるのは、父親として正しいのかもしれない。

娘の危機に手を差し伸べてくれた友人に対して素直にお礼の言葉を言えるなんて、素晴らしい父親じゃないか――この光景を見れば誰《だれ》もが口を揃《そろ》えてそう言うかもしれない。

だけど、この模範解答のような返答が俺に疑問を抱かせた。

初めて会った、どこの馬の骨ともわからない男が自分の娘と二人で暮らしている。

口ではやましいことは一切ないと言ったところで信じる親なんていやしない。娘を大切に思っているのであれば、疑うなり怒るなりするのが当然なのにそれをしない。

俺はこの父親を、微塵《みじん》も好意的に見ることはできなかった。

「晃君には迷惑を掛けてしまったけど安心して欲しい。これから葵の面倒は私が見る」

「え……?」

俺より早く葵さんが驚きの声を上げた。

そんな葵さんに追い打ちをかけるような言葉が続く。

「葵、これからは私たちと一緒に暮らさないか?」

「私たち……?」

私とではなく、私たちと――。

その言葉の意味はすぐに父親の口から語られた。

「実はお母さんと別れた後、再婚をしたんだ」

葵さんがテーブルの下で拳《こぶし》を握り締めるのが見えた。

「五歳になる息子もいて、今は隣の県に親子三人で暮らしている。二人には葵のことを話していて、一緒に暮らすことには賛成してくれているから安心して欲しい。これまで苦労を掛けてきた分、これからは私が責任を持って葵のことを支えていくよ」

突然明かされたまさかの事実。

隣に座っている葵さんから動揺が伝わってきた。

九年も自分を放っておいた父親がいきなり現れて、しかも再婚をしていて息子——つまり、葵さんにとっての異母姉弟までいると聞かされれば動揺しない方がおかしい。

とてもじゃないが、再会を喜べるような気分じゃない。

いや、そもそも葵さんが父親との再会を喜んでいるようには思えない。

「少し、考えさせて……」

しばらくして、葵さんはようやく一言だけ言葉を漏《も》らした。

「わかった。突然やってきてこんな話をされても、すぐに決められなくて当然だと思う。焦《あせ》る必要はないからゆっくり考えて欲しい。とはいえ、夏休みの間に返事をもらえるかい？　一緒に暮らすなら早いに越したことはない。転校や引っ越しの手続きもあるからね」

引っ越しや転校——。

そうだ……父親は県外に住んでいると言っていた。

父親と一緒に暮らすのであれば、葵さんはこの街を離れる必要がある。

「うん。わかった……」

その後、二人は軽く近況を報告し合ってから連絡先を交換。父親は『葵になにかあれば代わりに連絡をして欲しい』と俺とも連絡先を交換してから喫茶店を後にした。

外は既に日が落ちていて辺りは暗闇《くらやみ》に包まれている。

それでも夏だから暑いはずなのに、どうしてか……いつもより妙な涼しさを感じていた。

＊

帰宅後、俺たちは簡単な夕食で済ませた。

今日は食べて帰ろうと話していたが、父親と再会した直後で外食を楽しむ気分にはなれず真《ま》っ直《す》ぐに帰宅して今に至る。

葵さんには先にお風呂に入ってもらい、俺は食器を洗いながら考える。

「父親か……」

普通のサラリーマンといった感じだった。

身なりはきちんとしていて物腰も穏やかで、一見して悪い人には見えなかった。

それでも俺は、葵さんの父親に対していい印象を持つことができずにいる。

俺の感情を抜きにして考えれば、父親が現れたことはいいことなんだろう。葵さんの抱える問題が解決できるし、祖母を頼る以外に選択肢が増えるのはポジティブに受けとめていい。

そんなことはわかってる。

それでも、母親から言われたから引き取りに来たということに納得がいかない。

九年も放っておいて、その間に自分は幸せを手にして……母親から頼まれなければ今も葵さんを放っておいたまま、なに不自由なく新しい家族と幸せに暮らしていたんだろう。

良くも悪くも親の都合で振り回されるのはいつだって子供なんだ。

葵さんがあまりにも不憫《ふびん》に思えて仕方がない。

もちろん、両親が離婚したのは葵さんの家庭のことで、俺の知らない事情があったんだろうと思う。もしかしたら離婚を選ばざるを得ない特段の理由があったのかもしれない。

それでも嫌悪感を抱いてしまう俺はひねくれているんだろうか？

なぜだろうか……仮に理屈や事情があったとしても納得をしたくない自分がいる。

「お風呂、ありがとう」

洗い物を終えた頃、葵さんがリビングへ戻ってきた。

「続きは私がやっておくから、晃君もお風呂どうぞ」

「ありがとう。一通り洗ってあるから後は拭いて棚に戻すだけ」

「うん。わかった」

後のことを任せ、俺は着替えを持ってお風呂場へ向かう。

服を脱いでお風呂に入ると、いつものように頭と身体を洗ってから湯船に浸かった。

「ふぅ……」

お風呂は心の洗濯とはよく言ったもの。

身体の汚れと一緒に雑念まで洗い流すような感覚に思わず声が漏れた。

ようやく少しは冷静になった頭で考えてみる。

俺の葵さんの父親に対する印象はさておき、どうするか決めるのは葵さんだ。

外野の俺がどうこう言える立場じゃないし、優先すべきは葵さんの気持ち。父親と一緒に暮らすことが葵さんにとって最善で、葵さんがそうしたいと思っているならそれでいい。

葵さんが幸せになれるのであれば、俺の中の嫌悪感なんて些細《ささい》なもの。

「……気まずいからって触れないわけにはいかないよな」

話し合うことの大切さは一学期に瑛士から何度も教えられた。

人と人は基本的にわかり合えない。思っていることを言葉にせずに理解し合おうなんて不可能な話。だからこそ、お互いの気持ちを理解するために対話を欠かしてはいけない。

家族でも理解し合うのは難しいんだから、他人で異性ともなればなおさらだ。

今回の件も一緒。

今この問題を疎《おろそ》かにすると手遅れになりそうな予感がする。

「よし……！」

充分温まった俺は気持ちを切り替えてお風呂から上がる。

髪を乾かしてからリビングに戻ると、葵さんはソファーに座っていた。

葵さんはお風呂から上がった俺に気づくことなくテレビに視線を向けているが、その焦点は定まっておらず、まるで現実逃避でもしているかのように宙を見つめている。

「食器片付けてくれてありがとう」

「あ、うん」

声を掛けるとようやく俺に気づき、思い出したように笑顔を浮かべた。

そのリアクションだけで葵さんの心中を察するには充分だった。

「麦茶飲むけど葵さんも飲む？」

「うん。ありがとう」

俺は二人分の麦茶をグラスに注《そそ》ぎ、葵さんの隣に座ってグラスの一つを手渡した。

「「……」」

空気が重いのは気のせいじゃない。

「お父さんとのお話、一緒に来てくれてありがとう」

話を切り出したのは葵さんからだった。

「俺は全然構わないよ。事情を説明するなら俺がいた方がよかったと思うし」

「うん。私一人じゃ、なにを話せばいいかわからなかったと思う」

「九年も会っていなかったんだから仕方ないさ」

「うん……」

葵さんは視線を落とし、長い髪がはらりと肩から滑り落ちる。

髪で横顔は隠れてしまい、どんな表情をしているか見て取れなかった。

「うちの両親ね……私が小学一年生の時に離婚したの」

すると葵さんはゆっくりと昔のことを語り出す。

それはまるで、ずっと溜《た》め込《こ》んでいた想《おも》いを吐き出すような独白だった。

「私が小さい頃は仲の良い両親だったの。でも、幼稚園に上がった頃くらいから仲が悪くなって……気が付いたら喧嘩《けんか》が多くなってた。私は両親のそんな姿を見るのがすごく辛くて、どうしたら仲直りしてくれるかわからなくて、幼心《おさなごころ》に悩んでいたんだと思う」

俺たちが初めて出会ったのはその頃だ。

当時の葵さんが一人寂《さび》しそうにしていたのは両親の不仲が原因だったんだろう。

「私が良い子にしていれば両親が仲直りしてくれるんじゃないかと思って、我儘《わがまま》を言わないようにして、両親の前ではいつも笑顔でいて、言うことを聞いて……でもダメだった」

それを聞いて、なんとなくわかった気がした。

葵さんが自分の気持ちを言葉にするのが苦手なのも、誰かに頼ることに抵抗を覚えてしまうのも、自己主張をしないのも……全部、子供の頃の家庭環境が起因しているんだと。

幼い頃の経験が呪《のろ》いのように付きまとい、今の葵さんを形成してしまった。

「私が小学校に上がった頃にはもうダメでね……ある日突然、お父さんが帰ってこなくなってそれっきり。だから、会えて嬉《うれ》しいって気持ちよりも驚きの方が大きかった……」

葵さんにとって父親との再会は、トラウマを呼び起こされたような感じだったのかもしれない。目を向けたくなかったものを突然目の前に突き付けられたような衝撃。

その時の心境は他人に想像できるものじゃない。

「私はまだ小さかったから両親が離婚した理由はわからなくて、その後もお母さんが話してくれることはなかった。教えてもらってたら、この気持ちも少しは違ったのかな……」

語り終えると、葵さんは何度も深呼吸を繰り返して気持ちを落ち着かせようと努める。

話を聞いてあげることしかできないのがもどかしい。

「お話を聞いてくれてありがとう。ちょっとね、誰かに聞いて欲しかったの」

「俺の方こそありがとう。話してくれて」

今までも葵さんが家庭のことを話してくれる機会はあった。

でも、ここまで踏み込んだことを話してくれたのは初めてのこと。

高校生の女の子が一人で抱えるにはあまりにも重すぎる。

「葵さんはどうするつもり？」

「どうしよう……ね」

葵さんは苦笑いを浮かべる。

「晃君はどうしたらいいと思う?」

「俺は……」

俺をじっと見つめてくる葵さん。

その瞳に込められた意味を量りかねる。

「俺は葵さんの選択を尊重するよ」

俺としては葵さんの気持ちを大切にしたつもりだった。

でもこの返事は、後になってみれば失敗だったんだと思う。

「色々思うところがあると思う。でも大切なのは、葵さんがどうしたいかだと思う。今すぐ答えは出ないと思うけど、俺も相談に乗るからゆっくり考えてみよう」

葵さんを想って口にした台詞《せりふ》は、自分の気持ちを濁《にご》しただけ。

もっと素直に自分の気持ちを口にしていれば違ったんだろうか?

でもこの時の俺は、自分の気持ちがわかっていなかったんだ。

「そうだね。少し考えてみる」

「ああ。なにかあれば俺も相談に乗るからさ」

「うん。ありがとう」

嫌になる——いつだって後悔ってやつは先に立たないんだから。

その夜以来、葵さんが父親の話をすることはなかった。

＊

七月最終日、瑛士の家が所有する別荘に向かう前日の午後——。

俺が二階の部屋で掃除機をかけていると、不意にインターホンが鳴り響いた気がした。

「ん？　気のせいか？」

掃除機をとめて一階に意識を向ける。

すると気のせいではなかったらしく、催促するようにインターホンが鳴り響いた。これでもかってくらいのピンポン連打で早く出迎えろと急《せ》かされまくる。

「はいはい、わかったから連打するなって」

掃除を切り上げて階段を下りて玄関へ向かう。

ドアを開けた瞬間、見慣れた顔が飛び込んできた。

「遅い」

そこには相変わらずの無表情で不満を漏らす俺の妹——日和《ひより》の姿があった。

日和は感情を表に出すことが稀《まれ》で、いつもこんな感じの表情をしていることが多い。

一見するとクールというかドライというか、そんな見た目と性格だから勘違いされやすいけど、こうして葵さんのために夏休み返上で来てくれるくらいには情に厚い。

ドライな性格と妙に高い精神年齢のせいか友達は少ないが、日和のことを理解してくれる友達からは過剰に好かれるタイプで、狭く深く人と付き合うタイプの女の子。

俺たちは歳《とし》が一つ違いということもあって、双子のように対等な付き合いをしていた。

「悪いな。日和が使う部屋の掃除をしてたんだよ」

なんだかこのやり取りにデジャブを感じる。

そうだ。葵さんと同居しているのを日和に知られた日もこんなやり取りがあったな。

突然日和が帰ってきて、慌てて葵さんをクローゼットにかくまっていたせいで出迎えるのが遅くなり、玄関を開けると開口一番『遅い』って無表情でボヤかれた。

全く同じ状況なのが日和とのやり取りらしくて微笑ましい。

「どうしたの？　なんかにやけてる」

「いや。なんでもない」

「そう。ただいま」

「おう。おかえり」

暑い中を歩いてきたせいか、額に汗を浮かべているがクールな表情はいつも通り。

こうして会うのは一ヶ月ぶりだが日和の変わらない姿に妙な安心感を覚える。

そんなふうに感じるのは、やはり最近落ち着かなかったせいだろうか。

「とりあえず上がって」

日和が手にしていた旅行用のキャリーバッグを受け取ってリビングへ向かう。

「外は暑かっただろ。冷たいものでも飲むか？」

「うん。飲む」

エアコンの下で服の襟《えり》をパタパタさせながら涼んでいる日和。

グラスに冷たい麦茶を注いで渡してやると、よほど喉《のど》が渇いていたのか一気に飲み干して空いたグラスを無言で俺に差し出してきた。

どうやらもう一杯飲みたいという意思表示らしい。

グラスを受け取って注ぎなおしながら日和に尋ねる。

「もう少し早く帰ってくると思ってたんだけどな」

「そのつもりだったんだけど、先に済ませておきたいことがあって」

「済ませておきたいこと？」

「夏休みの宿題。葵さんのおばあちゃんのお家を探すので夏休みの大半を使いそうだったから、七月のうちに終わらせておいた方がいいと思って」

「……もう全部終わったの？」

「うん」

マジか……なにも考えてなかった。

それどころか宿題の存在を完璧《かんぺき》に忘れていた。

思えば日和は昔から計画的というか、なんでもそつなくこなすタイプだった。

夏休みの宿題に限らず、なにをするにも効率や手際がよく、対照的に俺はあまり計画的とはいえない。どちらかと言えば勢いだったり行き当たりばったりなことが多い。

同じ兄妹なのに色々真逆だが、だからといって兄妹らしくないかと言えばそんなことはなく、ただ日和は几帳面な父親に似ていて、俺が大雑把な母親に似ているだけの話。

当人同士は似てないが親には似ているなんて、ある意味兄妹らしいだろ？

そんな話はともかく宿題か……今は思い出さなかったことにしておこう。

「葵さんは？」

「朝からアルバイトだよ。おばあちゃんを探すために二週間くらいアルバイトを休むから、今のうちにたくさん働いておきたいんだってさ。そろそろ帰ってくる頃だと思うけど」

「そう。相変わらず大変そうだね」

「まぁな。先のことを考えてお金を貯めておきたいらしい」

そう答えると、日和は小さく嘆息《たんそく》した。

「どうかしたか？」

「私が大変そうって言ったのは晃に対してだけど」

「俺？　なんで？」

「顔を見た瞬間にわかった。相変わらず悩みを抱えてるんだろうなって」

「…………」

図星すぎて返す言葉がない。

「相変わらず日和は鋭いな……」

「私が何年、晃の妹をしてると思ってるわけ？」

あまり感情を顔に出さない日和がわずかに口角を上げているのを見る限り、これはドヤ顔をしているつもりなんだろう。こんな簡単に見抜かれたらドヤ顔をされても仕方がない。

今さらだけど、やっぱり日和に隠し事はできないと痛感する。

「話してみなよ。どうせ葵さんがいたらしにくい話でしょ？」

「ああ……」

日和に促されてソファーに座り、俺は先日の出来事を話し始めた。


みんなでプールに遊びに行った帰り、葵さんの父親が俺たちの前に現れたこと。

父親は母親から葵さんを引き取って欲しいと頼まれて探していたらしく、一緒に暮らそうと提案されたこと。父親は再婚していて新しい家族と一緒に暮らしていることも。

夏休み中に返事を求められ、もし一緒に暮らすなら引っ越しや転校をする必要がある。

葵さんは考えてみると言っていたが、あれから話はできていない。

「葵さんにとって悪い話じゃないことはわかってる。もしおばあちゃんが見つからなかった場合の選択肢として、父親と同居できるのであれば問題自体は解決する。でも……」

「納得できないって顔をしてるね」

俺が言葉にするまでもなく日和は気づいていた。

「ああ……納得できない自分がいる」

「理由はなに？」

「正直、娘を九年も放っておいた父親を信用しきれない」

「なるほどね」

思っていることを率直《そっちょく》に告げる。

日和はグラスを口に運ぶと。

「別にいいんじゃない？」

「え……？」

意外なことにそう答えた。

「葵さんのお父さんがどんな人かわからない以上、信じられないのは仕方ないと思う。もしかしたら本当に悪い人だっていう可能性もゼロじゃないし。葵さんがどう考えてるかわからないけど、晃がお父さんのことを警戒するのは悪いことじゃないと思う」

「そうかな」

「実の父親とはいえ、九年も会わなかったら葵さんだってわからないことの方が多いはず。どうするか決めるのは葵さんだけど、晃がちゃんと見ていてあげることは大切だよね」

そう言われて、どこか安心している自分がいた。

はなから葵さんの父親を警戒するのは失礼なんじゃないかとか、相手のことをよく知りもしないのに嫌悪感を抱くのは人としてどうなんだろうとか思っていたから。

でも、そうだよな……どんな人かわからない以上、安易に信用できなくて当然だよな。

「ただ、悪い人かもしれないと思うのはいいけど、悪い人だと決めつけて盲目的に拒絶しないようにね。相手をよく知ってみたら、本当はいい人だったたって可能性もあるんだから」

「そうだな……ありがとう。気を付けるよ」

日和のおかげで少しだけ気持ちが楽になった気がした。

本当、これで中学三年生だから驚かされるよな。

「それだけ？」

「え？　それだけ？」

「晃が納得できない理由、他にもあるんでしょ？」

「いや。それだけ……だと思うけど」

そう答えると、日和は少し呆《あき》れ気味に息を漏らした。

「晃はいつも葵さんのことを最優先で考えてるよね。それはいいことだし、すごいことでもあるけど、相手のことばかり考えていないで自分の気持ちにも目を向けないと」

「自分の気持ちか……」

他に納得できない理由が俺の中にあるんだろうか?

考えてみるが、いつだって自分の気持ちが一番わからない。

「この件、泉や瑛士君は知ってるの?」

「いや、俺からは話してないし、葵さんも話してないと思う」

「じゃあ、私たちから二人に話すのは様子を見てからの方がいいかもね。葵さんも思うところがあって黙ってるんだと思うし、しばらくそっとしておいてあげた方がいいと思う」

「そうだな」

ちょうど話がひと段落した時だった。

「ただいま」

不意に玄関から葵さんの声が響いてきた。

帰宅した葵さんは、パタパタと足音を立ててリビングへやってくる。

「日和ちゃん。おかえりなさい」

玄関で日和の靴を見て帰ってきていると気づいたんだろう。

久しぶりの再会に、葵さんは笑顔を浮かべて日和を歓迎する。

「ただいまです。葵さんもおかえりなさい」

「うん。ただいま」

今にして思えば二人の出会いは最悪だった。

葵さんと同居しているのがバレてしまい、葵さんは日和から尋問のように俺との関係を詰められるという、人見知りの葵さんにとっては拷問みたいな時間を延々と過ごした。

それ以来、連絡先を交換した二人は頻繁に連絡を取り合っていたらしく、最近では泉と三人でグループメッセージを作って仲良くしていると葵さんが言っていた。

どんなやり取りをしているかはともかく、仲が良いのはいいことだ。

なんて思っていたんだが。

「さっそくだけど、その後の二人の関係はどうなの？」

「「えっ？」」

突然の日和の追及に思わず葵さんと一緒に喉を唸《うな》らせる。

まさか三人揃って最初の会話がそれだとは思わなかった。

「か、関係ってどういう意味だ？」

聞くまでもないんだが、なんとか話を逸《そ》らせないかとすっとぼけてみる。

だが、日和相手にそんな姑息《こそく》な手が通用するはずもなく。

「あれから一ヶ月、若い男女が一緒に住んでてなにも進展がないとか言わないよね？」

うん。やっぱりそうだよな……。

なんだか一ヶ月前の続きをやらされている気分。

「いやだから、前にも言ったけど俺と葵さんはそういう関係じゃなくてだな――」

日和は俺の説明をガン無理して葵さんに詰め寄った。

「葵さん、ちょっといいですか……？」

「え、えっとぉ……」

葵さんが日和の圧に押されて一歩下がる。

すると逃さないとでも言わんばかりに日和も一歩詰め、後退する葵さんをそのまま壁際まで追いやった。日和は壁に両手をついて葵さんを完全にロックオン。

「私たちが協力してるのに、なにもないってどういうことですか？」

「うう……ご、ごめんなさい」

いやちょっと待て。

今ちょっと聞きすごせない会話があったぞ。

「私たちが協力ってなんだ？　葵さんも素直に謝ってるけどなんの話だ？」

わけがわからず尋ねると、葵さんは気まずそうな表情で明後日の方向を眺め始めた。

日和は葵さんに向けていた圧を俺に向け、質問を無視して言い放った。

「晃もこんな綺麗《きれい》な人と同居してるのに手を出さないとか、逆に相手に失礼だとか思わないの？　そんなことだから童貞なんだよ。このままじゃ一生童貞だけどいいの？」

「余計なお世話だわ！」

兄の童貞の心配を真顔でする妹とか嫌すぎる。

ていうか、エロに寛容な妹とか扱いに困るから勘弁して欲しい。

「とにかく、これは泉と要相談ですね」

「……はい」

諦《あきら》めた様子で観念する葵さん。

結局なにを協力していて、なにを相談するつもりなのかは教えてもらえなかったが……。

どうせ日和と泉が俺と葵さんをくっつけようと企《たくら》んでいて、葵さんは断るに断れず困り果てているって状況だろう。葵さんが可哀想《かわいそう》だからやめてあげて欲しい。

そんな願いも虚しく、日和の追及は夕食を食べ終わるまで続いたのだった。


その夜、俺と葵さんは日和に手伝ってもらいながら明日の準備を始めた。

瑛士の別荘に滞在するのはお盆が明けるまでの二週間を予定している。

本当は祖母の家が見つかるまで滞在したいのが本音だが、夏休みの後半は学校主催のボランティア活動の予定が数日入っているからそうも言っていられない。

とはいえ、なにがあってもいいように準備だけはしっかりしつつ、隣で楽しそうに歓談をしながらキャリーバッグに着替えを詰め込んでいる二人の姿を見て思う。

——この夏の結果次第で、葵さんの今後が決まる。

父親のことは懸念《けねん》材料だが、祖母の家さえ見つかれば問題ない。

葵さんの抱える問題や将来への不安だけではなく、俺の胸をざわつかせている得体のしれない感情も、きっと祖母の家さえ見つかれば全て解決するような気がしている。

とにかくやれるだけのことをやろう。

そんな決意と共に準備をしながら、次第に夜は更けていった。

# 第三話　夏といえば避暑地

そして迎えた八月一日。別荘へ向かう当日の朝――。

俺《おれ》たちは十時に駅の改札前で待ち合わせをしていた。

最寄り駅までは電車で一時間、そこからバスに乗り換えて三十分ほどで別荘のある山間部に到着するらしく、順調にいけば多少寄り道しても十二時には着く予定。

既に切符を買い終えた俺たちは、瑛士《えいじ》と泉《いずみ》が来るのを待っていたんだが……。

スマホの画面に目を向けると、ちょうど十時になったところだった。

「泉さんと瑛士君、来ないいね」

「ああ……まぁ、大体想像つくんだけどな」

「泉は相変わらずだね。相変わらずすぎて逆に安心する」

状況を察して三人で苦笑いを浮かべる。

つまり結論から言えば、泉が寝坊をしたってことだろう。

泉は瑛士が毎朝起こしに行かないと学校に遅刻するくらいに朝が弱い。

瑛士曰《いわ》く、休みの日はお昼過ぎまで起きないし、デートに一時間遅刻は早い方。最近は待ち合わせ時間を決めず、泉が起きてから瑛士が家まで迎えに行くようにしているらしい。

そんなカップル聞いたことがないが、本人たちがいいならそれでいい。

とはいえ今日は俺たちもいる。今頃《いまごろ》、瑛士が必死で泉を起こしているんだろうなと想像していると、タイミングよく俺のスマホにメッセージが届いた。

アプリを開いてみると案の定。


『ごめん……昨日の夜、興奮して眠れなかったらしい。今ようやく起きたところ』


おまえは遠足前夜の小学生かと言ってやりたい。

瑛士に『慌てなくていいから気をつけて来いよ』と返信してスマホをしまう。

「泉が寝坊したから一時間くらい遅れるってさ」

葵《あおい》さんは苦笑いを浮かべ、日和《ひより》は慣れっこな感じで驚きもしない。

「喫茶店《きっさてん》で時間でも潰《つぶ》すか」

「うん。そうしよ」

俺たちはキャリーバッグを引きながら駅構内にある喫茶店へ移動。

好きな飲み物を注文し、窓際のカウンター席に座って喉《のど》を潤しながら二人を待つ。

「もう少し早い時間に待ち合わせすればよかったかな。そうすれば遅くなったとしても今頃出発できたかもしれないし」

　葵さんなりに泉に気を使ってあげているんだろう。

　確かに葵さんの言う通り、初めから遅れることがわかっているなら、その分待ち合わせ時間を早くすればいいという意見はもっともだ。

「でも、案外そうもいかなくてな……」

「どういうこと？」

　葵さんはいつものように少し首を傾げて尋ねてきた。

　ちなみに可愛《かわい》らしいこの仕草、俺のお気に入りのポーズだったりする。

「葵さんは知らないと思うけど、昔から泉と待ち合わせをする時は待ち合わせ時間を一時間早く伝えてるんだよ。十時に出発なら九時って感じでさ。そうすれば間に合うと思って」

　葵さんは『うんうん。そうだよね』といった感じで頷《うなず》いて見せる。

「ただ、それでも十時に集合できた試しがないんだ。今日だって瑛士は泉に九時集合って伝えてあったんだけど、結局このあり様だからな……」

「そうなんだ……」

「過去、泉の寝坊で一番酷《ひど》かったのは中学の修学旅行だったんだけど、出発の日に寝坊して後から先生と一緒に現地集合。二日目三日目も寝坊してみんなの出発が遅れて、最終日も当然寝坊して後から先生と二人で帰ってきた。なにが酷いって、クラスメイトも慣れっこで怒るどころか楽しんでたんだよな。明日は起きれるかどうかってお菓子を賭《か》けたりさ」

ちなみに俺は全日程、泉の寝坊に賭けてぼろ儲《もう》けさせてもらった。

「そ、そっかぁ…………」

泉の寝坊癖《ぐせ》が想像以上だったたんだろう。

葵さんは虚無感に包まれながら無表情で絶句する。

ちなみにプールの時は待ち合わせの二時間前に迎えに行ったらしい。バスは電車と違って本数が少なく、一本乗りそびれると一時間待ちだから瑛士も必死だったそうだ。

マジでご苦労様としか言いようがない。

葵さんも朝は弱い方だけど泉に比べたら可愛いものだ。

「泉と待ち合わせする時のコツは時間を決めないこと」

日和は抹茶ラテを飲みながら断言する。

つまり瑛士と対策は一緒で、時間を決めずに起きたら集合ってことらしい。

確かに日和が泉と遊びに行く時は、いつも泉から『今起きたよ！』と連絡があってから日和が泉を迎えに行っていたな……それはもう待ち合わせとは言えないのでは？

ちなみにさっきから日和は泉を呼び捨てにしているがこれが普通。

「まぁ寝坊くらいは大目に見てやろうぜ。泉には色々世話になりっぱなしだしさ」

「うん。もちろん」

そんな会話をしながら俺たちは二人を待つ。

しばらく待っていると、不意にガラス窓の向こうに泉の姿を見つけた。

俺たちに向かって大きく手を振りながら走ってきている後ろでは、朝から疲れた顔をしている瑛士が二人分のキャリーケースを引っ張っている。ご苦労様……。

泉は店内に入ってくると、日和に飛び掛かる勢いで抱き付いた。

「日和ちゃん久しぶり。元気だった⁉」

泉は猫でも可愛がるように日和に頬《ほお》ずりをする。

なんかもう、これでもかというほど過剰なスキンシップ。

「久しぶり。元気だったよ。泉は？」

「元気だけど、ずっと会えなくて日和ちゃん成分欠乏症だったの。ちょっと吸っていい？」

泉は日和の返事を待つことなく、日和のふわふわの髪に顔を埋《うず》めて深呼吸。

「はあああぁぁぁ……」

動画サイトで猫好きな人が猫に顔を埋めて深呼吸したり、猫を口に入れて食べようとしたりする姿を見かけるが、泉にとってはそれと同じような感覚なんだろう。

まさに猫可愛《ねこかわい》がりとはこのことで、日和に会う度にこんなことをしている。

「あ～落ち着くぅ……」

とろけるような表情を浮かべながら冷静さを取り戻していく泉。

日和も慣れたもので、無抵抗で泉の頭をよしよしと撫《な》でてあげている。

なんだか日和の方が年上なんじゃないかと思わされる光景だが、日和が泉を呼び捨てにしていたり、こんな感じで頭を撫でてあげていたり、二人の関係性がよくわかる。

それでいいのかと思わなくもないが……。

『ところで日和ちゃん、例の計画はどんな感じ？』

『大丈夫。ぬかりなし。後で共有する』

『さすが日和ちゃん。頼りになるね♪』

小声で話しているつもりなんだろうけど、ばっちり聞こえてるんだが。

いったいいなんの話をしているんだろうか？

「よし。日和ちゃん完了。次は葵さん」

「わ、私も？」

「もちろーん♪」

泉が襲い掛かるような感じで葵さんに抱き付いた。

言われるがままに泉に吸われる葵さん。

「……これはまた、日和ちゃんとは違う味わい」

「あっ……泉さん、ダメ……んんっ！」

葵さんはくすぐったそうに身をすくめるが、泉はお構いなしに吸い放題。

必死に我慢する葵さんと嬉々として吸い続ける泉。

なんだろう……見方次第ではいかがわしいというか、年齢制限が必要というか、モザイク処理が必要というか、つまり子供に見せてはいけない光景のような気がする。

プールの時のように葵さんが恥ずかしさを我慢している姿や悶《もだ》えている姿を見ていると、俺の中の新しいナニかが目覚めてしまいそうな予感がしてならない。

『この夏が勝負だから頑張ろうね』

『う、うん……頑張る』

『私と日和ちゃんに任せておけば大丈夫だから！』

だから、さっきから聞こえてるぞ。

「よし。チャージ完了！　みんな待たせてごめんね！」

ようやく目が覚めたと言わんばかりに泉のテンションが爆上がり。

三人でなんの話をしていたのかは知らないが、泉が意味不明なことをしている時は大体よからぬことを企《たくら》んでいると考えて間違いない。

嫌な予感がする中、俺たちは予定の一時間遅れで出発した。

＊

「とうちゃーく!」

電車に揺られること予定通り一時間後――。

最寄りの駅に着いて改札を抜けると、泉が両手を広げて歓声を上げた。

「まだ最寄り駅に着いただけだろ。ここからバスで三十分あるんだから気が早い」

「そうだけど、なんか知らない土地に来たら言いたくなるでしょ。ね、日和ちゃん」

泉は左腕で日和の肩を抱いて同意を求める。

「うん。晃《あきら》がつまらない男なだけだから気にしなくていいと思う」

おい日和、兄に対してちょっと辛辣《しんらつ》すぎない?

「そうそう。葵さんもそう思うでしょ?」

すると今度は右腕で葵さんの肩を抱いて同意を求める。

「う、うん……そうだね」

泉は美少女二人を侍《はべ》らせて満足そうに頷く。

葵さんは泉に抱き寄せられながら俺に申し訳なさそうな視線を送ってきた。

大丈夫、俺のことは気にしなくていいから泉に付き合ってやってくれ。

「それにしても、本当に田舎《いなか》だな……」

目の前に広がっているのはいかにも田舎といった光景。

さびれた無人駅で自動改札もなく、少し大きなプレハブみたいな感じの駅舎。ホームや階段は年季を感じさせ、ところどころ舗装にひびが入っているところも見かけた。

駅の前は森というか丘というか、自然の中に住宅がぽつんと数軒あるくらい。

えらいところに来てしまった……。

「瑛士、バス停はどこにあるんだ？」

「歩いて十五分くらい行くと県道に出るんだ。そこから少し行くとスーパーがあって、そこにバス停がある。バス待ちついでにスーパーで食材を買っていくつもり」

この不便さがいかにも田舎らしいが、不満を口にしても始まらない。

瑛士に先導されながらキャリーバッグ片手にスーパーに向かって歩き出す。

「それにしても暑いな……」

午前中とはいえ容赦なく照り付ける太陽に徐々に体力を奪われていく。

元気よく先頭を歩く泉とは対照的に、葵さんはかなり辛そうな表情を浮かべていた。

「葵さん、大丈夫？」

「うん。なんとか」

俺は駅で買っておいたペットボトルの水を葵さんに差し出す。

「これ飲みな」

「いいの？　ありがとう」

蓋《ふた》を開けて渡すと、葵さんは立ちどまって喉を潤す。

「ありがとう。晃君も飲んだ方がいいよ」

「ああ。そうだな」

ペットボトルを受け取って口をつけようとした時だった。

なんの気なしに飲もうとして思わず手がとまる。

「晃君どうしたの？」

「あ、いや……なんでも」

どうしたもなにも間接キスになるじゃないか！

葵さんは気にしてないみたいだが、いいのか？　本当にいいのか？

小学生じゃあるまいし、いちいち気にする方がおかしいのかもしれないが……思春期という
か発情期というか、多感な男子高校生にとっては胸がドキドキの一大イベント。

いつもなら恥ずかしくて遠慮するところだが、今日は熱中症になりそうなほどの猛暑。水分
を取らないと大変なことになってしまう可能性があるという大義名分がある。

そう。言うなれば夏の不可抗力バンザイ。

まさに間接キスの季節と言っていい。

「す、水分補給って大事だよな～」

一応保険をかけてそう言いながら飲もうとした時だった。

「私も飲みたい」

日和が横から手を伸ばしてきて俺からペットボトルを奪い取る。

「あああああああああああああああ！」

思わず上げた声が田舎の街並みにこだまする。

悲痛な叫びも虚しく、日和は一気に水を飲み干した。

「晃、どうかしたかい？」

俺の叫び声に驚いた瑛士が何事かと振り返る。

事態を察した瑛士は自分が手にしていたペットボトルを俺に投げてよこした。

「僕の飲みかけだけど、よかったら飲みなよ」

「……ありがとう」

違う、そうじゃない。

俺が飲みたかったのはこのペットボトルの水じゃないんだ……なんて言えるはずもなく。

瑛士の優しさには感謝するが、この夏初めての間接キスの相手が男だなんて……妙に水がしょっぱいような気がした（泣）。


その後、涙を堪《こら》えながら歩いているとすぐにスーパーに到着。

店内の冷気が全身を包み込み、火照った身体《からだ》をクールダウンしてくれる。

「必要なものは食材と日用品くらいか？」

「そうだね。家電製品は一通り揃《そろ》ってるから食材と日用品と、後はバーベキュー用の炭とか網くらいかな。あと虫よけに蚊取り線香とかもあった方がいいかもしれないね」

「バーベキュー⁉」

泉が過剰反応して振り返る。

「瑛士君の別荘、バーベキューできるの⁉」

「うん。庭は広いしバーベキューグリルがあるからね」

「よし。今日の夜は早速バーベキューをしよう！」

みんなの同意を得るまでもなく泉が声高らかに宣言した。

まぁ反対する奴《やつ》はいないだろう。

「葵さん、楽しみだね♪」

「楽しみ。私バーベキューってしたことないの」

「そうなの？」

「うん。そういう機会がなくてね」

泉は驚くと同時に葵さんの家庭事情を察したんだろう。

「わかった……わたしが全力でバーベキューの楽しさを教えてあげる！」

泉は神妙な面持ちで力強く口にする。

本当テンションのアップダウンが激しすぎる。

「そうと決まればわたしと葵さんと日和ちゃんは食材担当。瑛士君と晃君はその他必要な物を買い揃えてね。ではでは、お会計後に落ち合おう。葵さん、日和ちゃん、行くぞー！」

泉はカートを押しながら食材コーナーへ駆けていく。

その後ろを葵さんと日和が追い駆けていく姿を見送りながら、俺と瑛士もカートを手に店内を回り始めた。

*

三十分ほどで買い出しを終えた俺たちは、バスに乗って別荘地へ向かっていた。

滞在期間が二週間と長期なこともあり、食材や日用品など大量に買い込んだせいで大荷物。全員キャリーバッグと買い物袋で両手が塞《ふさ》がっている。

こんなことならキャリーバッグは別荘へ配送しておくんだった。

なんて思いながら山道をバスで揺られること約三十分――。

別荘地の最寄りのバス停に到着した。

「さすがに別荘地だけあって大自然の中って感じだな……」

バスを降りると、まさに深緑の森といった光景が広がっていた。

視界に広がる一面の緑の中、どこからともなく鳥の鳴き声が響いている。

木々に囲まれて日陰になっているからか、それとも標高が高いからか、平地に比べるとかなり涼しい。たぶん気温は十度近く違うんじゃないだろうか。

頭上から降り注《そそ》ぐ木漏れ日《こもれび》が道路を幻想的に照らしていた。

「行こうか」

瑛士の案内でバス停を後にする。

するとすぐに、別荘地にしては妙に事務所っぽい建物が目に留まった。

「あそこは別荘地の管理事務所なんだ」

「管理事務所？」

「基本的にこういった別荘地は一括で管理している会社があるんだよ。お金を払えばオーナーが不在時に別荘の管理をしてくれたり、荷物を代わりに受け取ってくれたり、ごみの収集をしてくれたり。オーナーから管理費を集めて管理会社が運営する仕組みってわけさ」

「なるほどな」

別荘地ならではの事情ってやつか。

「瑛士のうちの別荘はここからどのくらいなんだ？」

「歩いて十分もしないいけど、坂道だから少し大変かもね」

「了解。じゃあ行こうか」

目的地までもう少し。五人で緩《ゆる》やかな坂を登っていく。

だが瑛士の言った通り、すぐにみんなの息が上がり始めた。

坂の傾斜はたいしたことないんだが、みんな手が塞がるほどの大荷物。

全員帰宅部で慢性的に運動不足の俺たちにとっては結構きつい。葵さんと日和も辛そうにしているし、いつも元気な泉もさすがに疲れの色が見えていた。

「葵さん。俺が荷物持つよ」

「うん。ありがとう……」

「日和、荷物は持つからキャリーバッグを頼む」

「うん」

日和に自分のキャリーバッグを渡し、両手に三人分の買い物袋を持った瞬間。

「ぐぬ……」

予想を超える重さに思わず嫌な声が漏《も》れてしまった。

三人分くらい平気だろうと思って荷物を手にしたものの、袋の中には大きいペットボトルが数本入っていた。おそらく袋に入れる際、重くなりすぎないように分散させたんだろう。

あまりの重さにビニールの取っ手が指に食い込む。

ちょっとこれはまずいかもしれない。

「晃君、大丈夫？　私やっぱり持つよ」

葵さんが心配そうに顔を覗《のぞ》き込んできた。

正直きついが今さら格好悪いところは見せられない。

「大丈夫。心配しなくていいから」

無理して作り笑顔を浮かべると。

「葵さん、晃君は今いいところを見せようと頑張ってるんだから放っておいてあげて」

「うるさい！　それこそ放っておいてくれ！」

泉が疲れた顔しながらからかってきた。

無理してるってバレるのが一番格好悪いからやめて欲しい。

「な、なんかごめんなさい……余計なこと言って」

「あ、いや、葵さんが謝らなくても……」

どうすんだよこの空気。

「着いたよ」

そんなやり取りをしているうちに別荘に到着。

顔を上げると、森の中の開けた空間に二階建てのログハウスが建っていた。

木々に囲まれた空間にひっそりと佇《たたず》む、広いウッドデッキが特徴的な建物。

犬を放し飼いできそうなほどに広い庭は芝生で覆《おお》われているが、管理されていなかったせいか雑草と一緒に伸び放題。よく見ると全体的に年季の入った建物なのがわかる。

お世辞にも綺麗《きれい》とは言えない状況が、逆に神秘的な雰囲気を醸《かも》し出《だ》していた。

なんだろう……トトロが出てきそうな空間と言えば上手《うま》く伝わると思う。

「すごい……素敵なところだね」

葵さんは感嘆の声を漏らす。

「確かに。でもこれは掃除が大変そうだな」

「お世話になる代わりに頑張らないとだね」

葵さんは瞳《ひとみ》を輝かせながらそう言った。

「ちょっと待ってて」

瑛士はバッグから鍵《かぎ》を取り出して門を開け、みんなで敷地内へ足を踏み入れる。

ログハウスの玄関の鍵を開けると、真っ先に泉が中へ駆け込んだ。

続いて俺たちも中へ入った瞬間、木の香りと埃《ほこり》っぽさの混ざった独特の匂《にお》いが鼻を衝いた。

瑛士が言っていたように、しばらく使っていなかったから空気が籠《こも》っているんだろう。

別荘の掃除が使わせてもらう条件だけど、これは想像以上に大変かもしれない。

なんて思っていると。

「わー！　すごーい！」

部屋の奥から泉の歓声が聞こえてきた。

「みんな早く来て！」

泉に呼ばれて足を運ぶと、声を上げた理由がすぐにわかった。

そこには明るめの色の木材で統一されたお洒落《しゃれ》なリビングが広がっていた。

壁も床も全《すべ》て無垢《むく》の板張りで統一され、ログハウスならではの温かみのある雰囲気が漂っている。照明や家具も同系色で統一されているのは空間の色調を配慮してのことだろう。

中でも一番目を引いたのは、部屋の一角に置かれている薪ストーブだった。

夏だから使うことはないとしても、まさに別荘のシンボル的なもの。

隠れ家ならではの非日常感に圧倒されてしまった。

「思ってた以上に素敵な別荘でびっくりしちゃった」

普段大人しい葵さんのテンションが珍しく高い。

その気持ちはよくわかる。俺も旅行に来た実感が湧《わ》いてきて気分が上がる。

もちろん遊ぶために来たわけじゃないのはわかっていても、想像を超える素敵な別荘にワクワクせずにはいられない。

「みんなこっちも来てー！」

さっきまでリビングにいた泉の姿が消え、今度は少し離れたところから声が響いてきた。

声を頼りにリビングを後にすると、廊下の先で泉がひょっこり顔を覗《のぞ》かせている。

「早く早く！」

「今度はなんだ？」

泉の元まで辿《たど》りついた瞬間、言葉を失くした。

なぜなら目の前に温泉施設のような広いお風呂《ふろ》が広がっていたからだ。

四人は入れそうな岩で作られた広い湯船に、ガラス張りの窓の外には小さな庭が広がっている。窓を開ければ庭に出られるようになっていて、さながら半露天風呂といったところ。

きっと夜には美しい星空が見えるんじゃないだろうか。

「実はこのお風呂、温泉が出るんだよ」

「マジで⁉」

「えーすごい！」

じゃあ毎日温泉に入り放題ってことか？

「近くに温泉地があってね。そこから別荘地一帯に温泉を引き込んでるんだけど、契約をすれば直接別荘まで引いてくれるんだ。両親に確認したら契約は残してあるらしい」

「やった♪」

喜びのあまり、泉が葵さんと日和と手を繋《つな》いで小躍りをしだす。

気持ちはわかる。期末テストの打ち上げで日和を除いた四人で貸し切り温泉施設に行って以来、実はまた温泉に行きたいと思っていたんだよな。

こんな形で叶《かな》うなんて控えめに言って最高だろ。

「早速温泉に入って汗を流したいところだけど、先に掃除しちゃう？」

「そうだね。一見綺麗に見えるけど二年くらい放置してたから、よく見るとあちこち埃や汚れが目立つ。お風呂を掃除しないで温泉を張るのはやめた方がいいと思うよ」

瑛士と泉が話している通り、まずは掃除が無難だろう。

まずは全ての窓を開けてこの籠った空気を入れ替えたい。

「部屋数も多いから大変だと思うけど、まずはできるところまでやろう。なにも今日で全て終わらせる必要はないから、滞在している間に少しずつ掃除を進めていけばいいと思う」

「そうだな。とりあえず始める前に荷物を部屋に置いてこよう。寝室って二階か?」

「うん。二階に二部屋ある」

「じゃあ男女で分かれて使おう――」

「ちょっと待った!」

当然そうすべきだと思って言ったんだが。

泉が異議ありとでも言わんばかりに割って入ってきた。

「なんだよ。なにか問題あるか?」

「わたし～せっかくの旅行だから瑛士君と一緒がいいな～♪」

なんか口調が妙にわざとらしいのは気のせいだろうか。

別にいいけど、そうなると俺と葵さんと日和の三人が一緒の部屋になる。葵さんと一緒なのはどうなんだろうと思いつつ、日和もいるから変なことにはならないだろう。

「葵さんと日和が俺と一緒の部屋でいいなら――」

「もうちょっと待った！」

なんだよ、もうちょっととって。

「わたし〜日和ちゃんと会うのも久しぶりだし〜日和ちゃんとも一緒がいいな〜♪」

「いや、それはダメだろ」

即答。明らかに泉の様子がおかしく、なにかを企んでいるとしか思えない。

まぁ……なにかをもなにも、俺と葵さんを一緒の部屋にしようと企んでいるんだろう。俺の童貞の心配をする日和といい……そうか泉、おまえもか。

「部屋は男女で分ける。以上、異議は聞かない」

若干後ろ髪を引かれるが、そうしないと俺が二週間睡眠不足になってしまう。

不満そうな泉を無視して話を続ける。

「さて、あとは誰《だれ》がどこを掃除するかだが……」

「無難にじゃんけんで決めればいいよ」

瑛士の提案で勝った人から好きなところを選ぶことに。

ちなみに掃除場所は一階のリビング、二階の寝室、キッチンやお風呂の水回り、荷物整理と布団《ふとん》干し、そして……最も過酷であろう炎天下での庭の草刈り。

誰もが庭の草刈りだけは避けたいというオーラを放ちながら手に力を込める。

「最初はぐー。じゃん、けん、ぽーん♪」

泉の掛け声でじゃんけんは進み、一抜けの日和は二階の寝室の掃除。

二抜けの泉は水回りを担当し、三抜けの瑛士は荷物整理と布団干し。

「「…………」」

そして残ったのは俺と葵さん。

掃除場所は一階のリビングと庭の草むしりが残されている。

そしてじゃんけんの結果は……不本意ながら俺が勝ってしまった。

「じゃあ俺、庭の草刈りにするわ」

「え……」

葵さんは驚いた様子で呟《つぶや》き、他のみんなもなにか言いたそうな顔をしていた。

「瑛士、なんか草刈りする道具とかあるか？」

「裏手にある倉庫の中に鎌《かま》と手動の芝刈り機があったと思う。細かな雑草は鎌で刈らないとだろうけど、できるところは芝刈り機を使った方が楽だと思うよ」

「了解。じゃあみんな、また後でな」

さらりと告げて二階の部屋に荷物を置いてから庭へ向かう。

さすがにこの暑さの中、葵さんに過酷な作業をやらせるわけにはいかない。

とはいえ……。

「マジか……」

広い庭を前に、倉庫から運んできた手動の芝刈り機を手に途方に暮れる。

最初に見た時は人の手が入っていない荒れた庭だからこそ神秘的な空間だと思ったが、そんな気分はどこへやら。厳しい日差《ひざ》しの下で草むしりなんて罰ゲームみたいなもんだろ。

呑気《のんき》な感想を述べていたさっきの自分を殴ってやりたい。

今は無造作に伸び散らかした芝生を前に絶望しか感じないわ……。

「……やるか」

いつまでも嘆いていたところで始まらない。

瑛士が用意してくれていた麦わら帽子を被り、端から順に芝を刈っていく。

標高が高いおかげで多少気温は低いとはいえ真夏の日差しは容赦なく照り付ける。

吹き出す汗をタオルで拭《ぬぐ》いながら芝を刈り続けていると、暑さと立ち込める草の香りで意識が朦朧《もうろう》としだした。

途中何度も水分補給をしながら一時間近く続け、ようやく庭の半分が終了。

さすがに一度で終わらすのは無理だと判断し、残りは夕方涼しくなってからやるか明日にするか。そんな計画を立てながら刈った芝や雑草をゴミ袋に詰めていく。

「……ん？」

滴《したた》る汗を拭こうと顔を上げると、リビングの窓を拭いている葵さんと目が合った。

応援してくれているんだろうか。笑顔でこちらに手を振ってくれている。

それに応《こた》えようと立ち上がった時だった。

「あ、あれ……？」

激しい立ち眩《くら》みを覚えると同時に視界が揺れる。

踏ん張ろうと踏み出した足に全く力が入らない。

ヤバい――。

「晃君――!?」

そう思うより早く遠のいていく意識の端で、誰かの叫び声が聞こえたような気がした。


「ん……」

瞳を開けると、見慣れない木目調の天井《てんじょう》が目に留まった。

すぐに自分が寝ていたことに気づいたが直前の記憶が抜け落ちていた。

妙な頭の重さを感じながら、一度目を閉じて記憶を整理しようと努める。

今日から瑛士の別荘に行くためにみんなと待ち合わせをして、電車とバスを乗り継いで別荘までやってきて……確か、まずは別荘の掃除をしようって話になったんだよな。

俺は庭の芝刈りとか草むしりをやることになって……！

「まだ途中——痛っ」

思い出して身体を起こそうとした瞬間、頭の重さが痛みに変わった。

頭を抱えながらゆっくりと目を開くと。

「大丈夫……？」

「……葵さん？」

心配そうに俺の顔を覗き込む葵さんの姿が飛び込んできた。

「俺、草むしりの途中だったはずなんだけど……」

「晃君、立ち上がろうとしてそのまま倒れちゃったの。たぶん軽い熱中症だろうって」

ああ……思い出した。

草刈りの途中で葵さんと目が合って、立ち上がろうとしたら倒れたんだ。

水分を取っていたとはいえ炎天下で黙々と作業をしていたんだ。自業自得だな。

「ごめん。心配掛けて」

「私の方こそごめんなさい」

「いや、葵さんが謝る必要なんてないでしょ」

「晃君……私の代わりにお庭の草刈り、引き受けてくれたんでしょ？」

葵さんは少しだけ表情を曇らせた。

「それは……」

正直、なんて答えるべきか迷った。

今ここで『違う』と答えることは簡単だし、そう答えるのが気遣いなのかもしれない。でも葵さんが気づいている以上、誤魔化《ごまか》したところで葵さんの気持ちが晴れるはずもない。

それならきちんと言葉にした方がいいと思った。

「外は暑いし日差しも強いし、葵さんに力仕事をさせたくなかったんだ。格好つけようとしたくせに自分が倒れてたら世話ないよな。格好悪い」

「ううん。そんなことない」

葵さんは首を横に振る。

「晃君、ありがとう」

「……お礼なんていいよ」

さすがに面と向かってお礼を言われると恥ずかしい。

以前の葵さんなら、こんな時はひたすら申し訳なさそうな顔をして謝り続けていた。それが今は、こうして感謝の気持ちを真っ直《まっす》ぐな言葉と瞳で伝えてくれる。

それが嬉《うれ》しいような、恥ずかしいような、なんとも言えないむず痒い気持ちになる。意図せず感謝された時の照れくさい感じと言えば伝わるだろうか？

「ありがとう。もう大丈夫だから」

半分照れ隠しのつもりで身体を起こそうとする。

すると、葵さんは俺の胸に手を当てて制止した。

「もう少し休んでて。お庭の片付けは瑛士君と泉さんがやってくれてるから大丈夫。もうすぐ終わるって。だから……ね？」

「そっか。そういうことならお言葉に甘えようかな」

改めて頭を下ろした瞬間、後頭部に妙な感覚を覚えた。

枕《まくら》やクッションなんかとは違ったほどよい弾力のある柔らかさ。

それでいて確かな温《ぬく》もりを感じつつ、すべすべとした手触り。

永遠に撫でていたいくらいに触っていいて気持ちいい。

「んっ……」

癖《くせ》になりそうな感触にずっと撫でくり回していると葵さんが甘い声を漏らした。

頬を紅く染め、必死になにかを我慢するように身体を強張《こわば》らせている。

「葵さん、どうかした？」

「えっと、その……あっ……」

なぜか羞恥《しゅうち》に満ちた表情を浮かべている葵さん。

葵さんのそんな表情を見ていると、なにかいけないことをしているような気分になってくる。

なんだろう、この気持ち……プールで照れている葵さんを見ていた時と同じ感情。

ダメだとはわかっているのにもっと見たくてたまらない。

ていうか、明らかに葵さんの様子がおかしい。

疑問に思い改めて自分の置かれている状況を確認しようと辺りを見回す。

「……え？」

理解した瞬間、変な声が漏れてしまった。

「ちょっ、葵さんこれ、膝《ひざ》──！」

そう。俺はソファーに横になり葵さんに膝枕《ひざまくら》をされていた。

さらにまずいことに、俺がさっきからまさぐっていたのは葵さんの生足だった。

気づいてしまったからには触り続けるわけにはいかない。

生足の感触に後ろ髪を引かれつつ、膝枕をされたままなのは気まずいと思って身体を起こそうとするが、それでも葵さんは俺の胸を押さえつけて起き上がらせてくれない。

「大丈夫だから、もうちょっと休んでて」

葵さんは恥ずかしさを我慢しながら口にする。

それは膝枕が大丈夫なのか、生足を触られるのが大丈夫なのか、どっちがＯＫなのかはっきりしてもらえますか？　個人的には後者、できれば両方だと最高なんですけど。

なんてバカなことを考えている場合じゃない。

「でも、膝枕はさすがに……」

「泉さんに言われたの。こうしてた方が早くよくなるからって」

泉の奴、また葵さんに適当なことを教えやがったな……。

だからいつも言っているだろ。葵さんは純粋だからなんでも本気で信じるんだって。

でもまぁ、あれだ……こういうことならどんどん教えてあげて欲しい。

炎天下で一時間以上も草刈りを頑張ったんだ。ご褒美ってことでお言葉に甘えさせてもらっても罰《ばち》は当たらないよな？

「じゃあ、もう少し休んでいようかな……」

「うん。でもね……くすぐったいから触るのは少しにしてもらえる？」

「わ、わかった……」

なんてこった。

おさわり全面禁止ではないらしい。マジか。

「第一ミッションクリア」

「うおっ！　ひ、日和？」

驚きながら声の先に視線を向けると、ソファーの後ろから顔を覗かせる日和の姿。

いつものように感情の読み取れない表情で俺たちに視線を向けてくる。

「そういうのは二人きりになれる場所でして」

つまりあれだ。人前でイチャつくなと言いたいらしい。

いや、イチャついているつもりはないんだけど。

「盛り上がって歯止めがきかなくなったら困るでしょ？　二階の寝室に干したての布団を敷いておいたから続きはそこでどうぞ。晩ご飯の時間までには終わらせてね」

「しないわ！」

違った。むしろイチャつけと言いたいらしい。

頼むから兄の童貞の心配をしてくれるな妹よ……。

真《ま》っ赤《か》な顔を両手で隠している葵さんの隣で、日和は相変わらず無表情のまま『これより第二ミッションに移行する』と呟いていた。

ミッションってなんだよ。

それにしても……やはり葵さんが恥ずかしさを我慢している表情を見ていると悪戯《いたずら》心をくすぐられるというか、いけない領域に足を踏み入れているような背徳感を覚える。

この感覚はもはや間違いではないだろう。

この日、俺は新しい世界の扉を開いたような気がした。

*

瑛士たちが庭の掃除を終えた頃《ころ》には既に日が傾いていた。

ゆっくり膝枕を堪能しつつ、水分を取って休んだおかげで体調も無事に回復。

とりあえず別荘内の掃除は終わったが、他にも外壁の掃除や雨どいに溜《た》まった落ち葉の片付け、庭の木々の剪定《せんてい》などなど、やることは残っているけど明日以降ってことに。

夕食の時間が近づき、俺たちはバーベキューの準備を始めることにした。

「役割分担はどうする？」

キッチンで冷蔵庫から食材を取り出しつつ泉に尋ねる。

「瑛士君には椅子とかテーブルの準備をしてもらった方がいいよね。どこになにがしまってあるとか勝手がわからないし」

「わかった。テーブルや椅子の用意も含めて外の準備は僕がやるよ」

瑛士は早速リビングの掃き出し窓からウッドデッキへ出ていき準備を始める。

「日和ちゃんはわたしと一緒にサラダとかバーベキューで使うソースを作ろっか。お肉と野菜を焼くだけのシンプルな料理だから、飽きないようにソースを数種類作りたいんだよね」

「わかった。泉のお手伝いする」

日和は相変わらずドライな表情で答えているが、胸の前で小さくガッツポーズしている辺りやる気に満ち溢《あふ》れているらしい。心なしかソワソワ身体を揺らしているようにも見える。

日和は顔に出ない分、実は動きで機嫌がわかったりする。

「泉、できれば和風ソースも作りたい」

「いいね！　採用！」

和風ソースをチョイスする辺り二人らしい。

というのも、泉も日和も和食であったりお茶であったり、いわゆる和テイストのものが好きなんだ。甘いものは洋菓子よりも和菓子が好きだし、ドレスよりも着物に憧《あこが》れるとか。

性格は真逆な二人だが、好みが似ているのも仲の良い理由の一つなのかもしれない。

「そうなると、俺と葵さんは食材の切りわけか？」

「うん。五人分は大変だと思うけど葵さんと仲良く頑張ってね♪」

「俺はいいけど、葵さんは料理が苦手だからな……」

ぶっちゃけると包丁を持たせるのが心配だったりする。

葵さんも同じらしく、少し困った様子を浮かべていた。

「だからこそでしょ」

「だからこそ？」

思わずそっくりそのまま言葉を返して首を傾げる。

「葵さんと日和ちゃんは料理が苦手だから、わたしと晃君が一緒に作業をするわけにはいかないでしょ？　わたしは日和ちゃんに教えてあげるから、晃君は葵さんに手取り足取り、なんなら肩取り腰取りお尻《しり》とり教えてあげないとね♪」

肩と腰と取ったらセクハラだし、尻をとったらただの痴漢だろ。

なんだろう……泉の言う通りなんだが、この組み合わせは意図的な気がしてならない。

俺と葵さんを一緒の部屋にしようとし、俺が倒れた時は俺と葵さんを二人きりにさせようとし、今度は俺と葵さんに二人で作業させようと泉と日和が先にペアを組む。

……この二人、企みが露骨すぎるだろ。

「葵さん、どうする？　もし不安だったら別の作業をお願いするけど」

「ううん。私もやってみたい」

葵さんは少し悩んだ様子を見せた後、やる気に満ちた瞳を見せた。

本人がそう言うのならと、俺は葵さんとキッチンに並んで立って料理を開始。

エプロンを付けてから手を洗い、食材とまな板、包丁をキッチンに並べる。

「まぁ食材を切るだけだし、そんなに難しいことでもないから」

「う、うん」

まずは玉ねぎから切ろうと思い葵さんに一玉渡す。

すると葵さんは、怖いくらい真剣な目をして包丁を振りかぶった。

「ちょ、ちょっと待って！」

「ん？　どうかした？」

どうかしたもなにも、今まさにどうにかなりそうだったんですけど……。

前に勉強合宿をした時、葵さんは泉と一緒に包丁を使わない料理を作っていたから知らなかったが……まさか玉ねぎを切るのに包丁を逆手に持って振りかぶるとは思わなかった。

一歩間違えたらサスペンス劇場よろしく別荘地で事件が起こるところだったぞ。

脳内でBGMが流れちゃったよ。

「やる気があるのはいいことだけど、ちょっと肩に力が入りすぎかな」

「力が入りすぎ?」

「ああ。もうちょっと力を抜いて」

葵さんは一度包丁をまな板の上に置いて肩をぐるぐる回して見せる。

「うん。だいぶ肩の力は抜けたと思う」

「OK。包丁は振りかぶらずに添える感じで……」

葵さんは深呼吸して息を整えると、そっと玉ねぎに包丁を添えた。

「そうそう。そんな感じ。力を入れる必要はないから」

「うん。そうしたら次はどうしたらいい?」

「次は左手を握って猫にする感じで」

「猫?」

上手く伝わらなかったのか、葵さんはいつものように可愛らしく首を傾げる。

頭に疑問符を浮かべた後、なにやら閃《ひらめ》いたような表情を見せると握った左手を顔の横に掲げて手首を曲げた。

「こう？」

「はっ――⁉」

こ、これはまさか、猫の真似《まね》をしているのか⁉

確かに手を猫にしろとは言ったけど猫の真似をしろとは言っていない。ていうか、なんで包丁の使い方をレクチャーしているのに猫の真似をしろと言われたと思うのか。

どうしよう……仕草が可愛すぎて違うって言えない。

しかも葵さんが付けているエプロンが猫柄なのは奇跡としか思えない。

「くくっ……」

するとリビングの方から必死に笑いを堪える泉の声が聞こえてきた。

楽しんでないでなんとかしてくれよと思っていると、泉が不敵な笑みを浮かべた。

「そうそう。葵さんそんな感じ。そのポーズでニャーって言うと上手に切れるよ！」

またおまえ、そうやって適当なこと――。

「にゃー？」

「ぶはっ――⁉」

必死に我慢したのに泉が先に吹き出しやがった。

さすがに真に受けないと思ったけど言っちゃったじゃねぇか！

言っちゃったけどもう可愛いからなんでもいいよね！

「あれ……？」

俺たちの微妙なリアクションを見て、葵さんは騙《だま》されたと気づいたんだろう。

やかんよろしく火を噴きそうなほど顔を真っ赤にすると、いつものように両手で顔を隠しながら小さな声でうにゃうにゃ言ってその場にしゃがみ込んでしまった。

「「…………」」

おい泉、どうすんだよこれ。

視線で訴えるが泉も予想外のリアクションだったらしく苦笑い。

温厚な葵さんもさすがにご機嫌を損ねてしまったらしく、頬を膨らませてプンスコしながらキッチンの隅っこで小さくなっていた。

怒ったというほどではないにしろ、初めて葵さんが拗《す》ねるのを見た俺と泉。

さすがにヤバいと危機感を覚えた俺たちは、なんとか機嫌を直してもらおうと平謝り。しばらくすると気を取り直してくれたらしく無事に料理を再開。

今度はちゃんと猫の手の意味を教えてあげ、無事食材のカットは終わったのだった。

葵さんには申し訳ないと思いつつ、いいものが見られたからよしとしたい。

食材の下準備を終えた後、俺はウッドデッキに向かった。

俺と葵さんの作業は思いのほか早く終わったんだが、泉と日和は妙にソース作りに拘《こだわ》っていてまだ時間が掛かるらしい。

二人の手伝いを葵さんに任せて俺は瑛士の様子を窺《うかが》うことに。

「瑛士、準備はどうだ？」

ウッドデッキでは瑛士がテーブルや椅子のセッティングをしている最中だった。

屋根から吊《つ》るされているランタンの灯りとウッドデッキの色合いがマッチしていて雰囲気があり、庭から聞こえてくる虫の音がいかにも夏の田舎らしくて風情《ふぜい》がある。

ウッドデッキの端に置いてある蚊取り線香の匂いも夏を感じさせた。

「問題ないよ」

「そっか。なにか手伝うことあるか？」

「芝刈り機が入っていた倉庫の中にバーベキューグリルがしまってあるから持ってきてもらえるかい？　ついでに倉庫の隣に薪小屋があるから、何束か持ってきてくれると助かる」

「わかった」

言われた通り倉庫に向かい中の電気をつける。

改めて中を物色すると、色々な物で溢れかえっていた。

昼間に使った芝刈り機はもちろん、散水用のホースにビニールのプール、日よけのパラソルなど。レジャーアイテムがあるのを見る限り昔はよく利用していたんだろう。

すぐにバーベキューグリルを見つけ、一緒に薪の束を二つほど持っていく。

「持ってきたぞ」

「ありがとう」

テーブルの近くにバーベキューグリルを設置。

薪をほどいてグリルの中に並べ、瑛士から渡された新聞紙にマッチで火をつける。薪に燃え移った火が落ち着き始めた頃、買ってきた炭をいくつか放り込んで様子を見守ることに。

夏の夜の静寂の中、虫の音と薪の弾《はじ》ける音だけがこだましていた。

「……なんかさ、こういう時間ってめちゃくちゃ贅沢だよな」

「そうだね。僕らの住んでる街じゃ経験できない時間だと思う」

「本当、住宅街でバーベキューなんかしたら周りになにを言われるか」

別に俺たちの住んでいる街が悪いと言っているわけじゃない。

交通機関は整っているし公共施設も充実。ショッピングモールも二つあって買い物する場所にも困らないし、田舎の地方都市にしてはかなり充実していて住みやすいと思う。

ただ、それ故にいつも喧騒《けんそう》に包まれていて落ち着かないのも事実。

じゃあ、この別荘地でずっと暮らしたいかと言われれば不便を感じるわけで……ないものねだりだとわかっているからこそ、たまに過ごすこういう時間を贅沢だと感じるんだろう。

「……ありがとうな。こんなにいい別荘を使わせてもらって」

熱を持ち始めた炭をひっくり返しながら、改めてお礼の言葉を口にした。

「お礼なんていいよ。僕だって楽しませてもらっているからね」

「俺にとってはこっちで過ごす最後の夏休みだから、こうやって思い出作りをさせてもらえて感謝しかない。でも——こんなにのんびりできるのは今日までだ」

俺たちは一夏の思い出だけを作りに来たわけじゃない。

思い出作りも大切だけど、それは俺たちにとっては二番目。

「なんとしても、この夏休み中に葵さんのおばあちゃんの家を見つける」

「そうだね。だからこそ今日くらいは楽しもう」

真っ赤になって熱を放つ炭を見つめながら、一人心の中で決意を新たにする。

そう——祖母の家さえ見つければ葵さんが父親のところへ行く必要はなくなるんだ。

「お待たせー♪」

すると下準備を終えた泉たちが食材を載せた皿を手にウッドデッキへやってきた。

キッチンから次々に食材や飲み物を運んでくるのはいいんだが……。

「なんか食材増えてないか……？」

明らかに俺が葵さんと一緒に切り揃えた量よりも多い。

特に肉が。というよりも野菜は変わらずに肉だけ増えてるぞこれ。

「五人分じゃ足りないと思って、葵さんに追加で切ってもらったの」

「うん。足りない」

泉の横で日和がうんうん頷いている。

「足りない……？」

マジで言ってるの？

いや、五人前どころか倍はありそうなんだが。

圧倒的な食材の圧にためらっていると、前にうちで勉強合宿をした時の記憶が蘇《よみがえ》る。

あの時も泉が食べきれると言い張ってたくさん料理を作りすぎた結果、食い倒れた。

それなのにお菓子は別腹とかほざいてくれやがって、瑛士と二人でコンビニまで買いに行ったんだよな。しかも帰ってきたら桜餅《さくらもち》を全部平らげていて驚愕《きょうがく》。

初めて女子の言う『甘いものは別腹』という言葉の意味を理解した夜だった。

「大丈夫。五人もいれば余裕で食べきれちゃうよ♪」

あれからまだ一ヶ月くらい。

似たような台詞《せりふ》を言われても不安しかない。

「まぁいいけど、腹八分目にしておけよ」

一応注意だけはしつつ、みんな席に着いてバーベキューがスタート。

最初はみんな面白《おもしろ》がってグリルの周りに集まり焼ける様子を眺めていたが、しばらくすると飽きたのか席に座って歓談を始め、気が付けばトングを手にしているのは俺だけ。

楽しそうに話をしているみんなを横目に俺はひたすら食材を焼き続ける。

鍋とか焼肉とかもそうだけど、こういう時って大抵誰か一人が調理係になるよな。

……まぁ、俺がその係になるんだろうとは予想してたけどさ。

「このソース美味《おい》しい……！」

お肉を口にした葵さんが目を輝かせながら声を上げた。

すると泉がドヤ顔で葵さんにソースの解説を始める。

「それはね、わさびを使った和風ソースなんだ。いいお肉はわさびだけで食べても美味しいんだけど、苦手な人には刺激が強いから色々アレンジして隠し味程度に抑えてあるの」

「食べたことない味だけど、すごくさっぱりしてて食べやすいね」

「でしょ～♪　他のソースも美味しいからもっと食べて。晃君、次のお肉まだー？」

「すぐ焼くからちょっと待ってろ」

火の通った食材から皿に取り分け次々に肉と野菜を焼き続ける。

だが、五人分を焼くにはグリルが小さくて一度に焼ける量には限界がある。結果、焼く速さよりも食べる速さの方が早く、肉が焼けた傍《そば》から胃袋に消えるという繰り返し。

なんだかわんこそばの店員さんをしている気分。

「晃、肉」

必死に肉を焼いていると日和も皿を差し出してくる。

肉が焼けてないから代わりにエリンギを渡すと不服そうな顔で睨《にら》まれた。

「みんな食べるペースが早いって。もうちょっとゆっくり食べてくれ」

「だって美味しいんだもん。ねー葵さん♪」

「うん。すごく美味しいし、すごく楽しい」

「でしょ。これがバーベキューってやつよ♪」

得意げに言ってないで少しは焼くのを手伝ってくれよ。

なんて思いつつ、とはいえ葵さんが楽しんでくれているのは素直に嬉しい。

葵さんからバーベキューをしたことがないと聞いた時、複雑な気持ちになった。

葵さんの家庭環境を考えれば、家族でバーベキューを楽しむような機会はなかったんだろう。

バーベキューに限らず、普通の家庭なら当たり前のように経験する楽しみを知らない。

だからこそ、俺が転校するまでに色んなことを経験させてあげたい。

葵さんの生活基盤を整えるだけではなく、最近はそんなことも考えるようになっていた。

「肉もいいけど野菜も食べろよ。それと、俺の分も残しておいてくれ」

まだ一切れも食べてないんだから。

「じゃあ葵さん、晃君に食べさせてあげて」

「「えっ⁉」」

思わず葵さんと声が重なる。

「晃君は焼くのが忙しくて食べる暇なさそうだから誰かが食べさせてあげないと～♪」

泉がまたまたわざとらしく言うと、葵さんは意を決した表情を俺に向ける。

すると自分のお皿に載っていたお肉を箸《はし》で摘まみ俺の顔の前に差し出した。

「ど、どうぞ……」

いやいや、人前で食べさせてもらうとかくそ恥ずかしいんですけど！

ていうか、葵さんも泉の言いなりになることなんてないのに。

「早く食べないとタレがこぼれちゃう」

「あ、ああ……じゃあ、いただきます」

急《せ》かされてつい口に運ぶ。

確かに美味《うま》い。わさびの風味が効いていて絶妙。

ただ……今使ったお箸、葵さんが使ってたお箸だよね？

お肉の味よりもそっちの方が気になって仕方がない。

「どう？」

「うん。美味しいよ」

「でしょ？　よかった」

純粋な笑みを浮かべている葵さんを見ていると、やましいことを考えていた自分が情けなくなる。意図せず間接キスをした感動は俺の心の中にそっとしまって――。

『間接キスしたね』

『した。完璧《かんぺき》に間接キスだった』

『第二ミッションクリア♪』

「おまえら小声でも聞こえてるからな！」

感動がだいなしだよ。

ていうか、さっきからミッションてなんなんだよ。

二人の会話を気にしつつ、お肉を堪能したのだった。

その後も俺は自分が食べる暇もなく食材を焼き続ける。

しばらくすると瑛士が代わってくれて、ようやく俺も食事にありつけた。

一時間もすると食材も底をつき、腹を満たした俺たちは夜風に当たりながら歓談をしていたんだが……案の定、泉は食べすぎたせいで腹をさすりながら苦しそうにしていた。

「泉さん、大丈夫？」

「大丈夫……甘いものを食べれば治るから」

心配そうに見つめる葵さんに、まさかの言葉を吐きやがった。

嘘《うそ》だろおまえ……。

「日和ちゃん……冷蔵庫にスーパーで買っておいたおはぎがあるから」

「わかった。すぐに持ってくる」

日和は取ってきたおはぎを、まるで病人を介抱するかのように泉に食べさせる。

すると泉は次第に調子を取り戻していき、二つ食べきる頃には完全に回復していた。

前にも見た光景だけどマジでどういう身体の構造をしてんの?

「さて、そろそろ明日からのことを話しておこうか」

泉が元気になったところで瑛士が待っていたように話を切り出した。

明日以降のこと——つまり、葵さんの祖母の家探しについて。

「そうだな。前回相談した時は日和がいなかったし、改めて情報を整理しておくか」

俺はプールで葵さんから聞いたことを話し始める。

葵さんの記憶によれば、祖母の家は俺たちの住んでいる街から車で一時間程度のところ。

山と田んぼに囲まれていたことから、恐らく山間部の多い県北か県西の可能性が高く、家の近くには神社があって夏にはお祭りが行われていた記憶が残っているらしい。

改めて口にしてみると、あまりにも情報量が少なすぎる気がした。

「地道に探すしかないんだが、さすがに大変だろうな……」

思わず本音が漏れる。

みんなも同じ印象を持っていたのか口を噤《つぐ》んだ。

するとで日和だけが考え込むような仕草を見せた後、ポツリと呟いた。

「それだけわかってれば大丈夫だと思う」

「本当か？」

「うん。ちょっと待ってて」

日和はウッドデッキを後にすると、すぐになにかを手にして戻ってきた。

テーブルの上に残っていた食器をみんなで片付け、日和が手にしていたものをテーブルに広げる。それは、ポスターくらいのサイズに拡大印刷した地図だった。

「地図なんて持ってきてたのか？」

「うん。スマホのアプリでもよかったんだけど、みんなで見るなら大きい地図の方がいいと思って、帰ってくる前にネットで見つけた地図をプリントしておいたの。この地図で目星をつけた場所をみんなの地図アプリでチェックを入れて探す方が楽だと思う」

感心していると、日和はスマホ片手に黒ペンで地図に書き込み始めた。

俺たちの別荘があるところに星印でチェックを入れ、地図上のとある地域を円で囲み、さらにその円の中に△印を無数に付けていく。

しばらくすると日和はペンを置いて顔を上げた。

「見て」

俺たちは身を乗り出すように地図に目を向ける。

「丸で囲ってある場所が、私たちが住んでる街から車で大体一時間の範囲。子供の頃の体感時間はあまり当てにならないから、十分前後は誤差の範囲で囲ってある。それと△印を付けたところは神社の場所。思ったよりも神社が多くて、八十ヶ所以上あった」

「八十ヶ所以上……」

あまりの多さに思わず言葉を繰り返す。

さすが田舎だけあって神社の数が半端《はんぱ》じゃない。

なにかで見たことがあるが、神社の数は全国で八万ヶ所くらいあってコンビニより多いらしい。さらに言うと昔はその何倍もあったらしく、これでもずいぶん減った方らしい。

日本の神社多すぎ問題はさておき。

「この中から、山から遠くて田んぼがない地域を除外して絞ると……」

日和は条件に合わない地域を赤ペンで塗り潰していく。

そうして絞られた神社の数は――。

「だいたい七十ヶ所。この中のどれかの可能性が高いと思う」

「おお……」

思わず声にならない声が漏れた。

最初は途方もないと思っていたが、こうして地図に書き起こしてみるとわかりやすい。

七十ヶ所でも多いが二週間あればギリギリなんとかなるかもしれないと思えてくる。

あとは片っ端から探していけば、葵さんの祖母の家が見つかるというわけか。

さすが日和、頼りになる。

「ただ、移動が問題だと思う。バスや電車を使うにしても効率が悪い」

確かに……。

ここに来る時もそうだったが、この辺りは三十分に一本くらいしかバスがない。

「それなら大丈夫。来る途中にあった管理事務所、あそこはこの辺りの観光案内所を兼ねていて自転車のレンタルをしているんだ。バスや電車を使うよりも効率がいいと思うよ」

「そりゃ助かるな」

だいぶ希望が見えてきたんじゃないだろうか？

これなら本当に夏休み中に見つけることができそうだ。

「みんな一緒に回るのも非効率だから二チームに分かれて探そう」

「じゃあ、日和ちゃんは私と一緒に探そ！」

「うん。いいよ。泉と一緒に探す」

「女の子二人だけじゃ心配だから僕も付き添うよ」

「ありがとう瑛士君！　愛してるぞ！」

「うん。僕も愛してるよ」

瑛士はいつものように愛を口にしながら二人の世話を買って出る。

「じゃあ、葵さんは俺と二人で探そうか」

「うん」

　こうしてチーム分けも完了。

「瑛士たちには神社や付近の街並みを写真に撮ってきてもらって、夜に葵さんに見てもらうようにしよう。葵さんが一緒に回れない分、神社の近所に住む人を見かけたら五月女《そうとめ》って人が住んでないか聞き込みをしたり、住宅の表札をチェックするなりしてくれ」

「おっけー♪」

　泉を筆頭にみんなが頷いて見せる。

「じゃあ日和がチェックしてくれたところを各自、自分のスマホの地図アプリに登録しよう。数が多いから地味に大変だけど、こういうのはみんないっぺんにやった方が楽だからな」

　みんな早速スマホを取り出し黙々とチェックを入れていく。

　そんな中――。

「みんな、ありがとう」

　笑顔で感謝の言葉を口にする葵さんを見て改めて思う。

　以前の葵さんだったら、きっと困った顔をしながら『ごめんなさい』って言っていたはずだと思うと、こうして自然とお礼の言葉を口にするようになったことは嬉しい。

　前に瑛士も言っていたが、葵さんは少しずつ変わってきているんだろう。

それはきっと、いい変化なんだと思った。

# 第四話 真夏の捜索隊・前編

翌日から、葵《あおい》さんの祖母の家探しが始まった。

限られた期間での捜索のため、時間の許す限り夜は遅くまで探したい。夏だから日が長いため、その気になれば十九時頃《ごろ》まで探すこともできる。

ただ、問題があるとすればこの暑さ。

ピークを迎える十三時から十五時の間は、あまりの暑さに外を散策し続けるのは危険すぎる。

そのため、長めのお昼を取るなりして身体を涼ませる必要があるだろう。

結果、休憩時間を差し引きすると探せる時間はそんなに長くない。

どうしようかと考えた俺《おれ》たちは、日中に稼働できないなら朝早くから探し始めればいいという結論に達し、観光案内所を兼ねた管理事務所が開く朝八時に自転車を借りることに。

ちなみに俺と葵さんは県西を、瑛士《えいじ》と泉《いずみ》と日和《ひより》の三人は県北を担当。

初日の今日はお互いに五ヶ所ずつの計十ヶ所を目標にして出発。

最初から頑張りすぎじゃないかと思われるかもしれないが、近場から順に回る計画のため、後半の日程は神社間の移動距離が長くなり回れる数も限られてくる。

つまり、比較的移動距離が短い早めの日程のうちに多く回る必要があった。

「晃《あきら》くん、大丈夫？」

自転車を漕《こ》いでいると、すぐ後ろから葵さんの不安そうな声が聞こえてきた。

「ああ。二人乗り用の自転車って初めて乗ったけど意外と平気だよ」

会話からお察しのように、俺と葵さんは二人乗り専用のタンデム自転車に乗っている。

「葵さんこそ平気？　怖くない？」

「大丈夫。心配してくれてありがとう」

実は今朝《けさ》、自転車を借りる直前で葵さんが自転車に乗れないことが発覚。

それなら一台だけ借りて葵さんには俺の後ろに乗ってもらえばいいじゃないかと思うかもしれないが、普通の自転車は公道での二人乗りは禁止。

どうしようかと途方に暮れかけていた時、事情を察した管理事務所の人がタンデム自転車なら公道での二人乗りＯＫと教えてくれて今に至る。

普通の自転車との違いはハンドル、サドル、ペダルが二セットあるってことだけ。

前の人がバランスを取れば自転車に乗れない人でも安心して後ろに乗っていられるし、普通の自転車を二台借りるよりタンデム自転車一台の方が費用も抑えられる。

おまけに女の子と二人乗りという恋人気分まで味わえるから一石二鳥。

まさに役得万歳なんだが、そんな下心は微塵《みじん》も見せない。

「それにしても、本当に田舎《いなか》だな」

「うん。田んぼしかないね」

別荘地を少し離れるだけで辺り一面見渡す限り田んぼが広がっている。

田舎だとわかってはいたものの、こうして目の当《まあ》たりにするとなおさら実感させられる。

県道沿いはそれなりに開発されているし、飲食店やコンビニなんかもあるんだが、大きな道を二本三本離れるだけでこうもなにもないとはな……田舎あるあるすぎる。

とはいえ、なにもない田舎道《いなかみち》を自転車で走るのは気分がいい。

風を感じながら漕ぎ進めると、遠目にいくつかの住宅が見えてきた。

「最初の神社はあの辺りかな？」

「うん。あの住宅街の向こうに神社があるみたい」

「よし。行ってみよう」

しばらくして住宅を抜けると、葵さんの言った通り小さな神社があった。

敷地内には大きな杉の木が立ち並び、うるさいくらいに蝉《せみ》の声が響いている。

入り口付近にあった駐輪場に自転車をとめて小さな鳥居を潜って境内《けいだい》へと足を運ぶと、参拝者の姿はなく俺たち以外に誰《だれ》もいなかった。

「一応、お参りくらいはしておこうか」

「うん。そうだね」

二人で参拝を済ませた後、敷かれている砂利を踏みしめながら境内を一周する。

あまり手入れがされていないのを見る限り、常駐している神主さんはいないんだろう。

昨日の夜、寝る前に神社について調べていたらわかったことなんだが、最近は経営難や後継者不足で神主さんが不在、もしくは他の神社と兼務していることが多くなっている。

それでも神主さんが足りない場合は、統廃合されるケースもあるらしい。

もし神主さんがいれば話を聞いたりできるかと思っていただけに残念。

「葵さんどう？　見覚えある？」

葵さんは足をとめ、考え込むような様子で辺りを見回した。

目にしている光景と記憶を照らし合わせているんだろう。

「たぶん……違うと思う」

「そっか。念のため神社の近くも回ってみよう」

「うん」

念のため写真を数枚撮ってから神社を後にして近所を見て回る。

田舎の集落らしく、立ち並ぶ家は古い木造住宅ばかりだった。

「そう言えばさ、ずっと聞こうと思ってたんだけど」

「うん。なに？」

「葵さんのおばあちゃんはどんな人だったの？」

「そうだな……すごく穏やかな人だった」

葵さんは懐かしそうな表情を浮かべ、わずかに口元を綻《ほころ》ばせた。

「遊びに行くといつも笑顔で迎えてくれて、一緒に遊んでくれて、すごく優しくしてくれたんだ。最後に会ったのは小学一年生の時だけど、おばあちゃんの優しい笑顔だけは今でもはっきり覚えてるの」

葵さんが笑顔で過去を語る姿を見たのは初めてのことだった。

思い出や家庭の事情を話す時、葵さんはいつも辛そうな表情を浮かべていた。

少なくとも母親や父親のことを話す時は、こんなふうに笑顔で語ることはなかった。

やはり葵さんにとって一番なのは、父親の家で新しい家族と一緒に暮らすことではなく、祖母の家にお世話になることなんじゃないかと思った。

「きっと私、おばあちゃんが傍《そば》にいたら絶対おばあちゃん子だったと思う」

「それだけおばあちゃんも葵さんのことが可愛《かわい》かったってことさ」

「でもね、もし見つかったとしても、会うのが少しだけ怖い気持ちもあるの。九年も会ってないし、おばあちゃんの都合もあるだろうし……私のこと忘れてるかもしれないし」

確かに、その可能性はゼロじゃない。

でも――。

「大丈夫だよ」

思わずそう言ったのは、願いみたいなものだった。

「ずっと会ってなくても家族なんだから、きっとおばあちゃんも再会を喜んでくれる。もし忘れていたとしても、会えば思い出してくれるよ」

「うん……そうだね。そうだと嬉《うれ》しいな」

確証もないのに無責任なことを言うなと怒られるかもしれない。

それでも父親の時のような複雑な再会ではなく、今度こそ美しい家族の再会になって欲しい。これまでの葵さんの家族事情を考えれば、そう願わずにはいられないだろ。

「どう？　改めて近所も回ってみたけど、やっぱりここじゃなさそう？」

「うん。ここは違う」

「よし。じゃあ次の神社に向かおう」

「せっかく連れてきてもらったのに残念だな」

「残念がることなんてないさ。全部で七十ヶ所もあるんだから、最初から落ち込んでたらきりがない。せっかくなら観光ついでにのんびり探すくらいのつもりでいこう」

「うん。そうだね」

こうして最初の神社を後にし、俺たちは次の神社へ向かう。

日が高くなり、徐々に気温が上がり始めていた。

＊

午前中に回れた神社は三ヶ所で、どれも葵さんの記憶とは違った。

暑さがピークを迎える時間帯が迫っていたため、そろそろどこかでお昼を食べながら休憩を取ろうと思ったんだが、一つ大きな問題が発覚した。

今いる場所が田舎すぎてお昼を食べるような場所が全くない……。

そうは言ってもコンビニくらいはあるだろうと思われるかもしれないがマジでない。

よく田舎は車がないと生活ができないと聞くが、それだけどこに行くにも距離がありすぎるってことなんだろう。

「参ったな。ちょっと考えればわかることなのに……」

こんなことなら別荘地近くのコンビニでなにか買っておくんだった。

煌々《こうこう》と照り付ける太陽に水分と体力を奪われながら必死に自転車を漕ぐが、それでもコンビニはもちろん、飲食店もスーパーも見当たらない。

今から市街地に出るにしても距離がありすぎて大変だけど……。

「仕方ない。時間は掛かるけど街まで――」

そう口にしかけた時だった。

「晃君、あののぼりなにかな?」

「ん？　のぼり？」

葵さんが指をさしている方に視線を向ける。

すると少し離れた田んぼの先に、のぼりを立てている家があった。

「もしかして……」

「ああ。行ってみよう」

わずかな期待を胸に疲れ切った足を必死に動かす。

徐々に近づいていくと、のぼりに『営業中』の文字が書かれているのが目に留まった。こんなのぼりを出しているのは飲食店以外にないだろうと期待しながら家へと向かう。

到着すると、雰囲気のある平屋の古民家が建っていた。

古民家の隣には小さな川が流れていて、数匹の鴨が気持ちよさそうに泳いでいる。その奥には田んぼに比べるとずいぶん小さいが、水耕栽培でなにかを育てているようだった。

入り口に目を向けると『そば処～流水庵～』と書かれた看板が目に留まる。

「晃君、おそば屋さん！」

「やっと見つけた……！」

「うん。やったね！」

自転車をとめて思わず葵さんとハイタッチ。

普段穏やかな葵さんも、この時ばかりはテンションが高かった。

暑さも空腹もピークに達していたせいか、もう嬉しいのか辛いのかもわからない。

早速中へ入ると、元気のいい店員のおばちゃんと数組のお客さんの姿があった。店員のおばちゃんに案内され、俺たちは奥の座敷の席に腰を下ろした。

「さて、どうしようかな」

出された冷たい水を飲み干してから、二人でメニュー表に視線を落とす。

「やっぱり夏だし、ざるそばかな」

すると葵さんがメニュー表の隅を指さした。

「晃君見て。ここのおそば屋さん、自分でわさびをおろせるんだって」

「わさび?」

葵さんの指の先には、わさびの写真と自分でおろせる旨のコメントが載っていた。

どうやら外で水耕栽培をしているのはわさびらしく、そこで採れた自家製のわさびをそばと一緒に出しているらしい。

わさびを自分でおろせるなんて面白《おもしろ》い。

「私、わさびおろしてみたい」

「じゃあ二人ともざるそばにするか」

「うん」

ざるそばを二つ頼むと、先にわさびとおろし板を持ってきてくれた。

店員のおばちゃんが『そばが来るまでの間、わさびをおろしながら待っていてね』と言ってやり方を教えてくれたが……若干どころかすごく不安。

「とりあえず俺がやってみるよ」

「うん。じゃあ私はスマホで動画撮影してるね」

「撮影？　なんで？」

「泉さんと日和ちゃん、わさびが好きみたいだから見せてあげたら喜ぶかなって」

確かに。なかなか見られるものじゃないから面白いかもな。

「それに、こういうのも思い出になるかなって」

「……よし。やってみるか」

俺はわさびを手にして恐る恐るおろし板にあてがう。

教えてもらったように、力を入れすぎず、円を描くように、細かくすりおろすように……。

「…………」

真剣になりすぎて無言でわさびをおろし続ける俺と、そんな俺を見守る葵さん。

わさびが三分の一ほどすりおろせたところで手をとめた。

「こんなもんかな？」

「うん。上手にできてると思う」

おろしたわさびをじっと見つめる。

ちゃんとできているかわからないが、普段目にしているわさびとは明らかに違う。きめが細かい上に少し粘り気があり、なにより俺たちが知っているわさびよりも香りが強い。

そばが来るのを待ちきれず、少しだけ口にしてみると。

「うっ――!?」

あまりの辛さにむせかけると同時、独特の香りが鼻から抜けていった。

「晃君、大丈夫？」

心配そうに顔を覗《のぞ》き込んでくる葵さんに手を上げて大丈夫だとアピール。

辛さが落ち着くのを待ってから水を飲んで一息ついた。

「どうだった？」

「思った以上に辛くてびっくりした。でも嫌な辛さじゃなくて、なんかこう……今まで食べてきたわさびとは全然違う。上手《うま》く説明できないから葵さんも食べてみて」

「うん。私も食べる」

葵さんは緊張した面持ちでわさびを箸《はし》で取って口に運ぶ。

「んっ――!?」

口にした瞬間、びっくりした様子で肩を小さく震わせた。

辛さが落ち着くまでの間、訴えかけるような瞳《ひとみ》で俺をじっと見つめる。

「本当……私の知ってるわさびじゃない」

「だろ？」

葵さんは感動した感じで瞳を輝かせる。

「すごいな……おろしたてって、こんなに違うんだ」

「わさびだけ売ってるみたいだから泉と日和にお土産で買って帰ろうか。バーベキューの時にいい肉はわさびだけで食べても美味《おい》しいとか言ってたし、このわさびで食べたら感動するんじゃないか？」

「うん。きっと喜んでくれると思う」

俺たちはおろしたてのわさびでそばを楽しみながら昼休みを満喫。

一緒にわさびをおろした経験も、そのわさびの味に感動したことも、いつか大切な思い出になって懐かしむ日が来るんだろうなと思った。

その後、外の暑さが落ち着くまでのんびり過ごしてから祖母の家探しを再開。

初日、葵さんの記憶と一致する景色を見つけることはできなかったが、まだ捜索は始まったばかり。そう落ち込む必要はないと自分に言い聞かせていた。

＊

別荘の近くまで戻ってきた頃には十九時近くになっていた。

平地はまだ西日に照らされて明るいが、別荘地は山間部のため思った以上に日が落ちるのが早い。やはり祖母の家を探し回るのは、このくらいの時間までが限界だろう。

なにしろ田舎の田んぼ道は街灯もまともにないから暗くなったら危ない。

暑さも落ち着き心地よい虫の音が響く中、自転車を押して山道を登っていると管理事務所まで後少しといったところで見慣れた背中の三人組を見つけた。

「瑛士！」

並んで歩いていたのは瑛士と泉と日和。

声を掛けると三人はこちらに気づいて振り返る。

「二人も今戻ってきたんだね」

「ああ。ちょうどいいタイミングだったな」

三人に追いつき、みんなで並んで歩きだす。

「晃君たちの方はどうだったー？」

「今日は五ヶ所回ったけど全部違った。本当はもう少し回りたかったんだが、意外と神社と神社の間が離れていて時間が掛かる。ナビで調べた時は近いと思っても、実際走ってみると結構距離があるもんだな。それに土地勘がないのもある」

「そうだね。僕らもギリギリ五ヶ所回れた。別荘に戻ったら葵さんに見てもらいたい」

「うん。ありがとう」

そんな会話をしながら歩いていると、すぐに管理事務所に到着。

瑛士が受付で返却手続きをしている間、なんの気なしに事務所内を見渡していると窓ガラスに貼《は》られている一枚のポスターが目に留まった。

「花火大会か……」

浴衣姿のカップルが花火を見上げているいかにもリア充《じゅう》な感じのポスター。

別荘地を下ったところにある、観光地として有名な街が主催のお祭り。今週の金曜日から三日間にかけて行われ、最終日には二万発もの花火が打ち上げられる花火大会があるらしい。

田舎にしてはかなり盛大なのは観光客を呼び込む狙《ねら》いもあるんだろう。

「そうそう。もうすぐ花火大会があるんだよね♪」

泉は俺の隣に立ち、ポスターを眺めながら声を弾ませた。

「楽しみだな～♪」

「楽しみって、お祭りに行くつもりなのか？」

「うん。事前に瑛士君に教えてもらってたから」

「おいおい……」

さすがに溜《た》め息《いき》が漏《も》れた。

「やっと葵さんのおばあちゃんの家を探し始めたところなんだ。お祭りまでに見つかれば話は別だけど、見つからなかったらお祭りを楽しんでる余裕なんてないだろ」

「でもさ、ちょっとした息抜きも大切でしょ？」

「そりゃそうだけど、時間が限られてるんだからさ」

泉に悪気がないのはわかってる。

息抜きの一つもしたいという気持ちも理解できる。

だが、この夏休み中に祖母を見つけることができなかったら、葵さんは父親と暮らすことになってしまう——。

「ちょっと落ち着こうか」

「……瑛士」

思わず感情的になりかけた時だった。

瑛士に肩を叩《たた》かれて冷静さを取り戻した。

「晃の気持ちはよくわかる。僕らはそのためにここに来たんだからね。でも、これから二週間毎日探すわけだから、一日くらいは息抜きがあってもいいと思うんだ。お祭りの三日間全部とは言わないから、最終日の花火大会の日だけでもみんなで遊ばないかい？」

ゆっくりと息を吐いて気持ちを落ち着かせる。

そうだな……瑛士の言っていることはもっともだ。

今回の件は、みんな葵さんのことを思って協力してくれている。強制ではなく、誰もが葵さんの将来を心配してなんとかしてあげたいという気持ちから集まってくれた。

感謝こそすれ、俺の一存でダメなんて言えるはずがない。

「それに、もし夏休み中に見つからなくても晃が転校するまで時間はあるんだからさ」

なにも知らない瑛士や泉がそう思うのは当然だ。

でも、それじゃダメなんだよ——とは言えなかった。

「悪い……俺、ちょっと焦《あせ》りすぎてたみたいだ」

「そんな、別に謝ることじゃないって」

「そうだよ。僕らだって晃の気持ちはわかってる」

気を使ってくれる二人の優しさに胸が痛んだ。

「ただね、わたしたちが必死になりすぎても葵さんは遠慮しちゃうと思うの。そうさせないためにわたしたちも楽しんでるってことを、わかりやすく伝えてあげる必要もあるかなって」

「そうだな……」

そんなこと、ずっと一緒にいた俺の方がわかっていたのに。

「それだけじゃない。前にも言ったけど、僕らは晃とも思い出を作っておきたいんだ」

プールの時も同じことを言ってくれていた。

俺はいずれみんなの元を去ることになる。

今まで転校を繰り返してきて、人との別れを仕方がないことだと割り切ってきた。

でも瑛士や泉と出会い、なにより葵さんと一緒に過ごしてきた中で、できることなら転校なんてしたくない。みんなと離れ離れになりたくないと思うようになった。

でもそれは避けられず、いずれ別れの時はやってくる。

本音を言えば俺だってみんなと残された時間を楽しく過ごしたい。

ただ……葵さんの祖母を見つけてあげなければいけないという使命感と、みんなと思い出を作りたいという願望が、俺の中で上手く折り合いをつけられていないんだと思う。

その理由はきっと、父親の存在のせいもあるんだろう。

「みんな、どうかした？」

すると外で待っていた葵さんと日和が管理事務所の中へ入ってきた。

いつまで経《た》っても出てこない俺たちを心配したんだろう。

俺は気持ちを百八十度切り替えて笑顔を作る。

「いや、なんでもない。お祭りのポスターを見つけてさ。せっかくだから花火大会の日くらいは休みにして、みんなで遊びに行こうかって話してたんだ。どうかな？」

「うん。いいと思う。私も花火見てみたい」

葵さんは嬉しそうに笑みを浮かべる。

瑛士と泉は安心した様子で俺を見つめていた。

「そうそう。実はわたし、こっそり準備してたりするんだよね」

「準備ってなんだ？」

「秘密♪　まあそんなわけだから、明日からも頑張って探そうね！」

泉はいつものように元気いっぱいに音頭を取る。

相変わらずなにを企《たくら》んでいるかは知らないが、こういう時の泉の切り替えの早さに助けられる。俺たちの間には、さっきまでの不穏な空気は微塵もなくなっていた。

こうして俺たちは週末の花火大会に参加することにしたのだった。

＊

別荘へ帰ると、葵さんはすぐに瑛士たちが撮ってきてくれた写真を確認した。

実際に足を運ばないため少しでもイメージが湧《わ》きやすいようにと、三人はかなりの枚数を撮ってきてくれたらしい。なんとその数、五十枚以上。

葵さんは一枚一枚丁寧に確認をしていく。

「どう？」

写真を見終わってから泉が尋ねると、葵さんは小さく首を横に振った。

その隣で日和は地図上の今日足を運んだ神社をバツ印で塗り潰《つぶ》す。

「そっか。また明日頑張ろう！」

「そうだな」

祖母の家探しは始まったばかり。

初日から落ち込んでいたんじゃきりがない。

「じゃあ、夕食の準備でもしよっか」

「今日は俺が作るから三人は先にお風呂《ふろ》でも入ってきな」

「え？　いいの？」

「暑い中探し回って汗もかいただろうから、夕食前にさっぱりしてこいよ」

「ありがとう！　みんな、晃君のお言葉に甘えちゃおっか！」

葵さんと日和さんは泉の隣でうんうんと頷《うなず》いている。

「その代わり明日は泉が夕食当番な」

「任せておいて。じゃあ葵さん、日和ちゃん、お風呂に行こう♪」

三人がリビングを後にしてからキッチンへ向かう。

「さて……始めるか」

冷蔵の中身を確認し、わさびに合いそうな料理を考える。

せっせと手を動かしながら、でも頭の中では管理事務所でのことを思い返していた。

葵さんには焦らずに探していこうなんて言ったくせに、内心は全く逆だった。葵さんを不安にさせまいとそう言っただけで、もしかしたら誰より焦っているのは俺かもしれない。

そう思うのは、やはり葵さんの父親の件があるからだと思う。

父親へ返事をするタイムリミットは夏休み中。

もし祖母の家が見つからなかったら、葵さんに残された選択肢は父親との同居だけ。

……葵さんはどう思っているんだろうか？

みんなに父親のことを話していないのも、あの夜以来、俺と父親の話をしないのも、こうして祖母の家を探しているのも、父親と一緒に暮らすつもりはないからだろうか。

本心は葵さんの胸の内。いくら俺が考えたところでわかるはずもない。

「僕も手伝うよ」

答えの出ない疑問を何度も繰り返し考えている時だった。

不意に瑛士に声を掛けられて我に返る。

「ああ……ありがとう」

俺はキッチンのスペースを半分空けて瑛士に場所を譲る。

瑛士はなにも聞かずに料理を手伝ってくれていた。

「その……さっきは悪かったな」

「まだ始まったばかり。そう思い詰める必要はないさ」

「泉にも悪いことをしちまった……後で改めて謝ろうと思う」

「大丈夫。泉は後を引くタイプじゃないし、僕から上手く言っておくよ」

「悪いな。助かるよ」

瑛士は野菜を手に、いつもの穏やかな笑顔を浮かべながらそう言ってくれた。

「晃は自分が思っている以上に直情的な部分があるけど、意味もなく感情的になるような奴《やつ》じゃない。そんなことは僕も泉もわかってる。なにか事情があるんだろう?」

「………………」

葵さんが言わない以上、俺からは言えない。

言ってしまいたい気持ちはある。この胸の不安を誰かに聞いて欲しいと思う。

相手が瑛士なら言ったところで決して悪いようにはしないこともわかってる。

でも、まだ祖母の家探しは始まったばかり。見つかりさえすればなんの問題もない今の状況で、瑛士に話をして心配をさせてしまうのは悪いと思った。

ああ、そうか……もしかしたら、葵さんも同じ気持ちなのかもしれないな。

「無理には聞かない。一人じゃどうしようもなくなったら相談してよ」

「……ああ。その時は、よろしく頼むわ」

瑛士は俺がなにかに悩んでいると気づいている。

それをわかった上で無理に聞こうとはせず、俺の判断を尊重してくれている。いつでも頼っていいと言ってくれる仲間がいることは、きっと幸せなことなんだと思う。

ただ問題は……俺自身がどうすればいいかわかっていないこと。

葵さんの父親が現れてからずっと胸に付きまとっている焦燥感《しょうそうかん》のようなもの。

どうすればこの想《おも》いが晴れるのか、俺にはわからなかった。


ちなみにこの日の夕食は、お昼にそば屋で買ったわさびを使った料理にした。

予想通り、和食好きな泉と日和はおろしたてのわさびに感動して大騒ぎ。あっという間にわさびを使い切ってしまったのはいいんだが、まさか直でかじりつくとは思わなかった。

あまりの辛さに床を転げ回る泉の姿が面白すぎて黙って動画に収めておいた。

後でバレたら文句の一つも言われそうだが、これも思い出作りってことで。

また神社探しの帰りに寄り道して買ってきてやろう。

＊

翌日以降も、祖母の家探しは続いた。

近場の神社から順に足を運ぶが収穫はなく、気が付けば探し始めてから六日が経過。

その間に訪れた神社の数は約四十ヶ所。

既に半分以上の神社が空振りに終わったということ。

「なかなか思うようにいかないねぇ……」

土曜日の夜、泉がソファーに寄りかかりながらスマホ片手にぼやいた。

いつも元気な泉にしては珍しくテンションが低いが、それも仕方がないだろう。

顔や言葉に出さないだけで、みんな似たような気分だった。

「せっかくみんなが協力してくれてるのに……」

葵さんは申し訳なさそうに身をすくめる。

「簡単に見つからないのは初めからわかっていたんだから気にすることないって」

「晃の言う通りだよ。根気よく探していこう」

「うん。ありがとう」

とはいえ、手掛かりがゼロなのは正直きつい。

残りの候補地は残すところ三十ヶ所。

これだけ探して情報の一つも出てこないとすれば考えられる可能性は二つ。

残りの三十ヶ所の中に目的に神社があるか、全く見当はずれの場所を探しているか。

幼い頃の記憶だから間違っている可能性がゼロとは言いきれないし、間違っているとすれば後者の可能性はありえる。それでも葵さんの記憶を頼りにする以外に方法はない。

もし残りの三十ヶ所の中に目的の神社がなかったら……。

もうその時のことを考えなければいけない時期なのかもしれない。

でも――。

「とりあえず明日はお祭りを楽しんで、明後日からまた頑張ろうぜ」

「うん。そうだね！」

泉がようやく元気を取り戻して立ち上がる。

「よし。じゃあ明日の準備をしよう！」

こうして、祖母の家探しは一時中断。

せっかくの夏休み。思い出の一つも作りたいという気持ちはあるし、お祭りを楽しもうと言った言葉にも嘘《うそ》はない。

それでも、心の底からお祭りを楽しむ気分にはなれなかった。

# 第五話　花火大会の夜に思うこと

お祭りの当日――。

久しぶりの休みということもあって、みんな起きるのが遅かった。

毎日朝早くから探していたせいで、寝不足だったり疲労が溜《た》まっていたりしたんだろう。かく言う俺《おれ》も知らず知らずのうちに疲れていたらしく、起きたらお昼近くだった。

ちなみに最後まで起きてこなかったのが泉《いずみ》なのは言うまでもない。

結果的にだが、瑛士《えいじ》や泉の言うように休みを取ってよかったと思う。あのペースで毎日暑い中を探し続けていたら、遅かれ早かれ誰《だれ》かが体調を崩していたかもしれない。

そんなこんなで、俺たちは夕方になったらお祭り会場へ向かうことに。

出発まで自由時間ということで、俺は夏休みの宿題をやろうとリビングでノートを広げたものの……気づけば瑛士と二人、テレビで高校野球を観戦していて進捗ゼロ。

すると出発時間が近づくにつれて、徐々に二階が騒がしくなり始めた。

「……なにしてるんだ？」

女子たちのキャッキャした感じの声が聞こえてくる。

しばらくすると階段を駆け下りる足音が響いてくる。

次の瞬間、リビングのドアがガチャリと開いた。

「じゃーん♪」

目にした光景に思わず言葉を失った。

「おお……」

そこには色とりどりの浴衣に身を包んだ女の子たちの姿があった。

泉は鮮やかな黄色をベースに白抜きで描かれたハイビスカス柄の浴衣。

ぱっと見は派手な印象ながら、黄色と白の二色にまとめることで派手さを抑え、むしろ上品さも兼ね備えている。落ち着いた黄緑色の帯がそう見せているのかもしれない。

泉とは対照的に、日和《ひより》は落ち着いた紫色の生地に朝顔をあしらった浴衣を着ていた。

感情を表に出すことが少なくいつもドライな日和らしい、深く吸い込まれるような色合い。

まさに日和のイメージカラーと言っていいほどに雰囲気がマッチしている。

妹相手にこんな発言はどうかと思うが、年齢以上に色気というか妖艶《ようえん》さを感じた。

「どうどう？　似合う？」

「そうだな。いいんじゃないか……？」

似合っていると思ったのは嘘《うそ》じゃない。

でも二人には申し訳ないが、我ながら気のない返事をした自覚はある。

なぜなら、二人の浴衣姿以上に葵《あおい》さんの浴衣姿に目を奪われてしまったから。

「ど、どうかな……?」

遠慮がちに聞いてくる葵さんが着ていた浴衣は、青色をベースとした紫陽花《あじさい》柄の浴衣だった。

目の覚めるような青色に色とりどりの紫陽花をあしらった一着。思いがけず、葵さんと出会ったあの日——雨の中、何色もの美しい花を咲かせていた紫陽花を思い出した。

懐かしさを感じると同時、その美しさに目を奪われてしまうのは仕方がない。

さらに言えば、浴衣姿に合わせて長い黒髪をアップにしているため、プールの時以来の綺麗《きれい》なうなじがこんにちは。夏が終わる前にもう一度会いたいと思っていたよ。

今は正面だから見えないが、後で改めてご挨拶《あいさつ》をさせていただきます。

「変じゃない……?」

俺が見惚《みほ》れすぎて返事をしなかったせいだろう。

葵さんは不安そうに尋ねてきたが、返す返事は一つしかない。

「全然変じゃない。すごく似合ってるよ」

こんな時、自分の語彙《ごい》の少なさが嫌になる。

それでも葵さんは嬉《うれ》しそうにはにかんで見せた。

「あれ～晃《あきら》君、なんか顔赤くないかな～♪」

「赤いというか、鼻の下がビロンビロン伸びてる」

「赤くなってないしビロンビロンもしてないわ！」

口ではそう言ったものの、こんな姿を見たら赤くもなるし鼻も伸びるだろ！

そう言ってやりたかったが下心がバレないように至って冷静を装う。

「浴衣を持ってきてたなんて準備がいいな」

「瑛士君から近くでお祭りがあることは聞いてたって言ったでしょ？　日和ちゃんには浴衣を持ってくるように伝えておいて、葵さんは持ってなかったから一緒に買いに行ったんだ」

泉には水着姿に続き素晴らしいものを見させてもらったお礼を言いたい。

それと、お祭りに行くのを反対していたことをお詫《わ》び申し上げたい。

ごめんなさい。そして、ありがとう……！

「準備もできたしそろそろ行くか」

「うん。レッツゴー♪」

こうして俺たちは別荘を後にし、お祭り会場へと向かった。

＊

夏祭り会場は別荘地からさほど遠くないところにあった。

地元の住民が楽しむだけではなく、この時期に集まってくる観光客も当てにした大きなお祭りのため、俺たちの地元で行われる夏祭りに比べると規模が大きい。

途中いくつか駐車場の前を通りかかったが、ほぼ県外ナンバーばかりだった。たぶん俺たちと同じように別荘に来ている人か、花火大会を目的にやってきた観光客だろう。

管理事務所の人の話によると毎年花火大会のためだけに県外から多くの人が集まってくるらしい。まさに夏の一大観光イベント。

「人がたくさんいるね」

「ああ。こりゃはぐれたら合流するのは大変だろうな……」

お祭り会場に着くと、思わずそう漏《も》らすほど人がたくさんいた。

カップルから家族連れ、学生同士と思われるグループなど、とにかく人で溢《あふ》れている。

お祭りが始まったばかりの時間でこの人の数なら、花火の打ち上げ時間が近づくにつれてさらに人が増えるだろう。

「一通り出店を楽しんだら早めに花火の場所取りをした方がいいと思う」

「日和の言う通りかもな」

返事をしながら振り向くと、日和はりんご飴《あめ》を舐《な》めていた。

おいおい、いつの間に買ったんだよ。

「うん。今のうちにどんどん遊び倒そう」

そういう泉は鼻の頭に生クリームを付けながらクレープを頬張《ほおば》っている。

だからおまえら、いつの間に買ったわけ？

「うん。私、かき氷食べたい」

そう口にする葵さんは焼き鳥を食べている。

かき氷食べたいって言ってるわりには真逆すぎない？

「みんなよく聞いて！」

すると泉が俺たちの前に立って声を上げる。

「いい？　お祭りは戦場。後で食べようとか後で遊ぼうなんて思ってる余裕はないからね。後悔しないように『見たい食べたい遊びたい』と思ったら悩まず即行動。ＯＫ？」

葵さんと日和は真剣な面持ちで頷《うなず》く。

「よろしい。じゃあ出発！」

泉は葵さんと日和の手を取って走り出す。

はしゃぐのはいいが浴衣姿に下駄《げた》で走っているのを見ると危なっかしい。

「人混みで危ないから気を付けろよ」

「はーい♪」

なんて言葉、テンションＭＡＸの泉が聞く耳を持つはずがない。

いい返事だけ残して三人は片っ端から出店を巡り始めた。

「いつも泉の相手をしてる瑛士も大変だよな」

「まぁね。でも一緒にいると飽きないよ」

「そりゃ同意だけど、ちょっとばかし危なっかしいのがな」

「さながら今日の僕らは保護者ってところだね」

「だな。まぁでも、みんなが楽しんでくれるならいいさ」

そんな会話をしながら瑛士と一緒に三人を見守っていた。


それから俺たちは時間を忘れてお祭りを満喫した。

お祭りといえば射的や金魚すくいやくじ引きなど、この手の出店は昔から変わらない。

子供の頃《ころ》は純粋に楽しんでいたものの、歳《とし》をとるにつれて遊ばなくなり、お祭りに参加する機会はほとんどなくなっていたが……久しぶりにやってみると面白《おもしろ》い。

子供に交じって本気で楽しんでいる自分に驚かされる。

気心の知れた友達と童心に返って遊ぶのも悪くない。

なにより、お祭りを満喫している葵さんを見ていると安心するし、泉や日和と一緒にはしゃいでいる姿を見ていると来てよかったと心から思う。

無邪気に遊ぶ女子三人を保護者気分で見守りながらそんなことを考えていると、あっという間に時間は過ぎ——お祭りのメインを飾る花火大会の開始が一時間後に迫っていた。

「まだ早いけど、そろそろ移動するか」

「そうだね。場所を探す時間も見ておかないと」

「その前に食べ物と飲み物を買っていい？」

泉が大判焼きを食べながら買い込みを希望。

いやいや、おまえはもう充分食べたし今だって食べてる最中だろ……。

そう突っ込みたくなったが、泉の胃袋が異次元レベルなのはいつものこと。

みんなで分担して屋台に並び、焼きそばとかイカ焼きとかお好み焼きとか、夕食代わりになるようなものを買い漁《かあさ》る。

各々買ったものを手に集まるとかなりの量になった。

……余ったら持って帰ればいいか。

「あとは飲み物だな。葵さんはどうする？」

「私はオレンジジュースがいいかな」

「じゃあ俺が一緒に買うよ」

「いいの？」

「ああ。ついでだからさ」

最後にみんなで飲み物を買って買い出し完了。

花火大会の打ち上げ会場の近くでいい場所を確保しようと歩き出す。

向かう途中も葵さんはよほど楽しいのか、泉や日和と歓談をしながら歩いていた。

「なんか急に人が増えてきたな」

「そうだね。僕らと同じように早めに場所取りしようって人が多いんだと思う」

瑛士が言うように花火の打ち上げ会場の方向に人が流れ始める。

移動しようとする人の流れが多いせいか、さっきからなかなか前に進まない。すれ違う人も多く、気を付けないと誰かとぶつかってしまいそうだと思っていた時だった。

「きゃっ――」

小さい悲鳴が聞こえると同時、目の前を歩いていた葵さんがバランスを崩す。

すれ違う人とぶつかったらしく倒れそうになる葵さんの肩を咄嗟《とっさ》に摑《つか》んだ。

幸い転ぶことはなかったが、葵さんは手に持っていた飲み物を落としてしまい地面に転がったカップからジュースが零《こぼ》れていた。

「葵さん、大丈夫？」

「うん……大丈夫」

「浴衣濡《ぬ》れたりしてない？」

人の流れから抜け、道から外れた木陰《こかげ》で浴衣を確認する。

特に濡れたり汚れたりはしていないみたいだった。

「大丈夫そうだな」

「うん。でも、飲み物を落としちゃった……」

「気にしなくていいよ。怪我《けが》がなくてよかった」

「だけど、せっかく晃君が買ってくれたのに……」

葵さんは申し訳なさそうに肩を落とした。

「……瑛士、泉と日和を連れて先に行っててくれ」

そう言いながら手にしていた食べ物を瑛士に渡す。

「俺は葵さんと飲み物を買い直してくる。場所が決まったらメッセージで教えてくれ」

「わかった。人が多いから気を付けて行ってきなよ」

「ああ。葵さん、行こうか」

「うん……」

一先ず瑛士たちと別れ、俺と葵さんは来た道を戻る。

「晃君、ごめんね。私……ちょっと浮かれすぎて周りが見えてなかったんだと思う」

葵さんはさっきからずっと肩を落としたまま。

こうして落ち込んでいる姿を見ると、一緒に暮らして間もない頃を思い出す。

なにかある度に申し訳なさそうに俯《うつむ》いていた葵さん。最近の葵さんは出会った頃と比べるとかなりポジティブだったから、久しぶりの姿に余計にそう見えてしまうのかもしれない。

なんて声を掛けようかと考える。

いや、考えるまでもなく思っていることをそのまま言葉にすることにした。

中途半端《ちゅうとはんぱ》な励ましに意味はない。大切なのは思っていることを言葉で伝えること。

「別にさ、浮かれすぎぐらいでいいんじゃないかな？」

「え……？」

葵さんは驚いた様子で俺を見つめる。

「もしかしてだけど、葵さんってお祭りに来るの久しぶりだったりする？」

「うん。小学校に上がる前、お父さんに連れてってもらって以来かな」

小学校に上がる前か……たぶん、そんな気はしていた。

今さら確認するまでもなく、葵さんの家庭事情を鑑《かんが》みれば理由は想像に容易《たやす》い。

「それだけ久しぶりなら誰だって浮かれるって」

俺は努めて明るく、おどけるくらいのテンションで口にした。

「俺だって久しぶりだから楽しかったし、泉なんか見ての通り全力で浮かれまくり。日和はあいうタイプだから顔には出ないけど内心ではウキウキしてる。お祭りなんだから浮かれるなって方が無理だし、そりゃ飲み物の一つや二つ落としもするさ」

「でも……」

それでも葵さんの顔は晴れない。

だから俺は、とっておきの失敗談を話すことにした。

「それにジュースを落としたくらいどうってことないって。俺に比べればさ」

「晃君と比べたら？」

「小学校の頃にさ、家族旅行で出かけた先で母さんにソフトクリームを買ってもらったんだ。すごく嬉しくてさ、店員さんから受け取って車に戻る時に浮かれまくってスキップしたらアイスの部分だけ全部落としちゃってさ」

「え……」

スキップなんてすれば落ちるに決まってるだろうに。

俺も母親も店員さんもショックのあまりその場で固まった。

「見かねた店員さんが気を利《き》かせて新しいのを作ってくれたんだけど……」

「くれたんだけど？」

「嬉しすぎてはしゃいだら、もう一回アイスの部分だけ落としたんだよね」

「ええぇ……」

まさに絶望。あの時の母親も今の葵さんみたいな顔してたな。

幼心《おさなごころ》に終わったと思った。

「もう二度とソフトクリームを買ってもらえないんだろうなって思ったけど、もちろんそんなことはなくて、後にして思えばいい思い出。今じゃ家族の中で鉄板の笑い話さ」

未《いま》だにソフトクリームを見る度に誰かがあの話をする。

そんな失敗の一つや二つ誰だってあるだろ？

「だから葵さんも気にすることない。三年後とか四年後とか、みんなでお祭りに来る度に『そう言えばあの時、ジュース落っことしたんだよね』なんて笑いながら話すと思う。笑い話だって大切な思い出の一つだろ？　だから、そんな暗い顔することないさ」

「笑い話か……そうだね。それも思い出だね」

「ああ。思い出だよ」

「また一緒にお祭りに来れるかな？」

「もちろん。俺は転校したら毎年一緒ってわけにはいかないかもしれないけど、泉が嫌でも誘ってくると思うよ。あいつは楽しいこととか騒がしいことが大好きだからさ」

するとと葵さんは少しだけ俯いてなにかを呟《つぶや》く。

「毎年じゃ………来れる……」

「ん？　なに？」

周りが騒がしくてよく聞き取れない。

葵さんの顔を覗《のぞ》き込むと、わずかに頰《ほお》を紅く染めていた。

「毎年は無理でも、また晃君とも一緒にお祭りに来れるかな……？」

「え……？」

これはどういう意味だろうか？

いや、どういう意味もなにも言葉の通り受けとめるのが正解だろう。

いずれ避けられない別れが訪れるとしても、俺たちの関係はなにも変わらない。また俺や瑛士、泉や日和と一緒にこうして集まりたいという葵さんの気持ちの表れ。

それをはっきり言葉にしてくれたことが嬉しかった。

「もちろん。また一緒に来よう」

「……うん。約束」

「ああ。約束だな」

葵さんは顔を上げ、ぎこちないながらもようやく笑顔を浮かべてくれた。

「それにしても……」

何度もあれだが、本当人が多くて進まない。

花火が始まるまで一時間を切ったことで、どんどん人が増えていく。しかも俺たちは花火大会の会場に向かう人たちの流れに逆らっているせいでなかなか進まない。

このままじゃ瑛士たちと合流するのがいつになるかわからないな……。

「葵さん、俺一人で買ってくるから道の端に避けて待ってて」

「え？　でも――」

「その方が早いからさ。同じやつでいい？」

「うん。同じのでいい」

「オーケー。じゃあ、すぐ戻ってくるから」

俺は葵さんをその場に残し、一人で人混みを交わしながら進んでいく。

なんとか屋台に辿《たど》り着いて同じオレンジジュースを買い、来た道を引き返す。

人混みをかき分けながら、ようやく葵さんの元へ辿り着いた時だった。

「……葵さん？」

葵さんは大学生くらいの二人組の男に声を掛けられていた。

明らかに困惑の表情を浮かべる葵さんと、やたらと近い距離で迫る男二人。

なにが起きているか一瞬で理解した。

「一人でしょ？　俺たちと一緒に花火見ようよ」

「一人じゃないです……」

「でもさっきからずっと一人じゃん？」

「人を待ってるんです」

「いつまで待っても来ない奴《やつ》より俺たちと遊んだ方が面白いって」

文句の一つも言ってやりたい気分だったが周りには大勢の人がいる。

下手に揉《も》めて騒ぎになっても面倒だと思い、穏便に話をして解決しようと思った矢先——

男の一人が葵さんの腕を掴み、無理やり連れて行こうとしたのを見て冷静さが霧散した。

「おい、なにやってんだ……」

相手が二人でも関係ない。

葵さんの腕を掴んでいる男の腕を掴み返し、強引に振り払って葵さんの前に立った。

「いってぇな……なんだてめぇ！」

「おいおい。なに邪魔してくれてんだ？」

おおかた祭りに便乗《びんじょう》したナンパ野郎ってところだろう。

邪魔された二人組は明らかな敵意を持って俺を睨《にら》んでくる。

「こっちの台詞《せりふ》だ。嫌がってるのがわからないのか？」

「おまえには関係ねぇだろ。痛い目を見たくなかったら邪魔すんじゃねぇよ」

威嚇《いかく》するように迫ってくるが、沸き上がる怒りで微塵《みじん》も怖くない。

睨み合っていると事態を察した周りのお客さんたちがざわつき始める。

こうなったらとことん騒ぎを大きくした方がいい。こいつらも面倒事や警察沙汰は避けたいだろうから簡単に手出しはできない。大事になる前に退散してくれるだろう。

なんて思った直後——。

「っ——!?」

思いっきり顔面を殴られた。

「いってぇなこの野郎……」

「晃君！」

俺の名前を叫ぶ葵さんの声が妙に遠く感じたのは、意識が飛びかけたせいだろう。

まさかこの状況で迷わず殴ってくるとは……いくらなんでも考えがなさすぎだろ。

「痛い目見たくなかったら邪魔するなって言ったよな？」

「さあ、行こうぜ」

男は俺の前に立ちはだかり、もう一人の男が葵さんに触れようとした瞬間だった。

「触るな！」

感情が弾《はじ》けるような感覚に襲われ、目の前の男を突き飛ばす。

葵さんに手を伸ばしている男の首根っこを掴んで引きずり倒していた。

「葵は俺の女だ！　気安く触ろうとするんじゃねぇ！」

「晃君……」

「てめぇ……覚悟しろよ」

男たちが立ち上がるより早く、俺は葵さんの手を取って走り出す。

「葵さん、走って！」

「うん！」

その場から少しでも遠くへ行こうと駆け出す俺たち。

二人組を巻くために人混みに紛《まぎ》れながら、どれくらい走り続けただろうか。

気づけば買い直した飲み物もどこかへ落とし、辺りに人もいなくなり、花火の打ち上げ会場からはずいぶん離れたところまでやってきた頃――。

　俺たちはようやく疲れを自覚して足をとめた。

　上がった息を整えながら葵さんの様子を窺《うかが》う。

「ここまで来れば平気だろ……葵さん、大丈夫？」

「うん……大丈夫」

「怖い思いさせてごめん。俺が一人にさせたせいで……」

「ううん。きっと晃君が助けに来てくれるって信じてたから」

「葵さん……」

　葵さんは肩で息をしながらも穏やかな笑顔を浮かべる。

「助けてくれて、ありがとう――」

　葵さんがお礼の言葉を口にした瞬間だった。

　真っ暗な空に花火が打ち上がり、大きな音で声がかき消された。

「「…………」」

　思わず花火に見惚れる俺と葵さん。

「すごい、綺麗だね……」

「ああ……綺麗だ」

　葵さんが感嘆の声を漏らしたように、確かに夜空を彩《いろど》る花火は美しい。

だけど俺は、花火よりも夜空を見上げる葵さんの横顔に目を奪われていた。

＊

終わったのは二時間後——。

結局、俺と葵さんはその場で最後まで花火を見続けた。

瑛士たちと合流しようにも人が多すぎて移動ができないため、心配させないようにメッセージで連絡だけ入れて花火大会が終わるまで葵さんと二人で楽しんだ。

終了後、どこかで瑛士たちと落ち合おうと思ったが、帰りの人混みの中で合流するのは困難と判断。様子を見つつ別荘まで別々に帰ることにした。

しばらくして人が減ってきた頃——。

「俺たちもそろそろ帰ろうか」

「うん」

その場を後にしようと立ち上がると。

「あっ……」

葵さんが小さく呟いて足をとめた。

「どうかした？」

「鼻緒が取れちゃったみたい」

葵さんの足元に視線を落とすと、履《は》いている下駄の鼻緒が根元から取れてしまっていた。

「ナンパ男から逃げる時に無理して走ったからかな」

「たぶん……」

「足は大丈夫？　痛いところない？」

「うん。それは大丈夫」

怪我がないことに胸を撫《な》でおろして下駄を確認するが、とても直せるとは思えない。

だからと言って裸足《はだし》で歩かせるわけにもいかないし……となると方法は一つか。

「晃君……？」

葵さんに背中を向けてしゃがむと、葵さんは不思議そうに首を傾げた。

「おぶっていくよ」

「え、でも……」

葵さんは困った様子を浮かべる。

「……うん。ありがとう」

少し迷った後、そう言いながら俺の肩に手を添えた。

葵さんを背中に乗せ、別荘に向かって歩き出す。

「晃君、大丈夫？　重くない？」

「ああ。全然平気」

葵さんが気にするほど重くない。

むしろ軽いくらいだから大丈夫だけど、別のところが大丈夫じゃない。

葵さんをおんぶしているということは、俺の背中と葵さんのとある部分が密着しているわけで……ぶっちゃけ感触なんてわからないんだけど、シチュエーションだけで興奮する。

こんな時に節操がなさすぎるだろ俺……なるべく背中に意識を集中しないように努めながら歩いていると、不意に葵さんは俺の首に回している腕に力を込めた。

「晃君。一つ聞いてもいい？」

「ん？　なに？」

「その、さっきの……俺の女って……」

「え——!?」

まさか今になってそこに触れてくるとは思わなかった。

「あ、いや……ほら、彼氏がいるなら相手も諦《あきら》めると思ってさ」

「そっか。そうだよね……」

そう思って言ったのは嘘じゃない。

ほら、漫画や映画なんかでそういう展開ってお約束だろ？

でも……本当にそれだけかと言われると微妙だったりする。

葵さんに危害を加えようとする相手に怒りを覚え、咄嗟に口から出た言葉。

後からならいくらでも理由をつけられるけど、あの瞬間、冷静じゃなかった自分が果たしてそこまで考えていたのかと聞かれると……正直なところなんとも言えない。

つまり、なぜ咄嗟にあんなことを言ったのか自分自身よくわかっていないんだ。

唯一はっきりしていることは、葵さんが他の男に触れられるのを我慢できなかった。

あの瞬間は、ただそれだけだった。

＊

葵さんをおぶったまま坂道を登ると、別荘の近くで瑛士たちが待っていた。

瑛士たちは先に別荘に着いていたが、俺と葵さんの帰りが遅い上に連絡しても返信がないからトラブルにでも巻き込まれたんじゃないかと心配して探してくれていたらしい。

葵さんをおぶっていたからスマホの確認もできなかった。

そんな俺と葵さんを見て、泉と日和は『意図せず第三ミッションクリア』『これより第四ミッションへ移行する』とか話していたがなんのことやら、疲れてそれどころじゃない。

無事に帰宅した俺たちは、早々にお風呂《ふろ》を済ませて就寝することに。

いつものように女子たちが先に入ると思いリビングのソファーでうとうとしていると。

「晃君、先にお風呂入っていいよ」

泉が珍しくそう言ってきた。

「え？　泉たちが先じゃなくていいのか？」

「うん。葵さんをおぶって坂道を登ってきたから疲れたでしょ？　遠慮しなくていいから温泉に浸かってゆっくり疲れを取ってきなよ」

実は泉の言う通り、疲れもしたし汗もかなりかいていた。

先にお風呂に入っていいというなら遠慮せずそうさせてもらおう。

「ありがとう。お言葉に甘えさせてもらうわ」

「うん。ゆっくり楽しんできてね～……ぬふふ♪」

泉にお礼を言ってから寝室に行き、着替えやらタオルやらを用意してお風呂へ向かう。

もう何度も入っているが、やっぱり毎日温泉に入れるって贅沢だよな。なんて思いながら服を脱いでお風呂場に入り、いつものように頭と身体《からだ》を洗ってから温泉に身を沈める。

「最高……」

夜空に浮かぶ月を眺めながら思わず声が漏れた。

この温泉を満喫できただけでも来た甲斐があるよな……なんて思いかけ、いやいや、そんなことはないと思い直す。温泉だけで満足していたら本末転倒にもほどがある。

明日から再開する祖母の家探しについて考えようとした時だった。

「え――？」

不意に目にした光景に息がとまった。

「葵さん……？」

そこにはバスタオルで身体を隠している葵さんの姿があった。

「ちょ、えっと――ごめん！」

状況的に俺が謝る必要なんてないんだが反射的に言葉が出た。

あえて謝る理由をつけるとすればバスタオル姿を見てしまったことなんだが、それはどちらかと言えば、謝るよりもお礼を言った方がいいのかもしれない。ありがとうございます。

心の中でお礼を言いつつ、建前《たてまえ》的に葵さんの裸から目を逸らした。

「どうして葵さんがお風呂に？」

「泉さんに後から行くから先に入ってるように言われて……」

「泉に？　いや……俺も泉に先に入っていいって言われたんだけど」

どういうことだと首を傾げる。

ふと、先ほど泉と日和が『ミッションがどうのこうの』と言っていたのを思い出す。それも一度や二度ではなく、この別荘に来てから何度かそのフレーズを耳にしている。

その都度どんな状況だったかを思い返した瞬間――。

「そういうことかよ……ったく、あいつら」

ようやくこの状況の意味を理解した。

「晃君、どうかした？」

「ああ、いや。なんでもない。俺は上がるから葵さんはゆっくり入って」

「でも……」

「一緒に入るわけにもいかないしさ」

お風呂の広さ的な問題ではなく、思春期男子の下半身の問題だ。

若干名残惜《なごりお》しく思いつつ温泉から上がろうとした時だった。

「い、一緒に入ってもいいいんじゃない？」

「え――」

葵さんがまさかの言葉を口にした。

「だってほら、前にもみんなで温泉に入ったでしょ？」

「まぁ、確かに……」

テストの打ち上げでみんなと温泉に行った時のことを思い出す。

でも、あの時は湯浴《ゆあ》み着《ぎ》を着ていたから平気だったわけで……タオルで身体を隠すのとは状況が違うような気がするが、葵さんがいいなら俺は全然ウエルカムだけど。

本当にこんなおいしい状況を堪能させてもらっていいいんだろうか？

幸せすぎて明日死ぬかもしれない。

「こ、これも思い出作りだと思ってね？」

それに、葵さんが妙に前のめりのように感じるのは気のせいだろうか？

まるでなんとしても俺をお風呂から上がらせないくらいの意思を感じる。

すると葵さんは俺の返事も聞かずに椅子に座って身体を洗い始めた。

――今なら振り返って裸を見ても気づかれないぞ。

煩悩《ぼんのう》という名の悪魔が頭の中で囁《ささや》くが、理性を司《つかさど》る天使が見てはいけないと俺を諭す。

煩悩に従うか、それとも理性に従うか、俺の脳内で天使と悪魔が一歩も引かずにノーガードで殴り合いを開始。まるでボクシング漫画のような激しい打ち合いが繰り広げられる。

時間経過と共に天使が押され始め、悪魔がとどめの一撃を放とうとした時だった。

身体を洗い終えた葵さんが湯船に入ってきてドローゲーム。

ほっとしたような残念なような、気分は複雑極《きわ》まりない。

「お邪魔します」

「ど、どうぞ……」

「い、いいお湯だね」

「そ、そうだな……」

湯船は広いとはいえ同じ湯の中で隣同士、意識しすぎて会話が続かない。

しばらく一緒に入っていたが間が持たず、どうしたものかと困っていると。

「晃君、色々ありがとう」

葵さんは妙に改まった感じで感謝の言葉を口にした。

「今日のことなら気にしなくていいって」

「ううん。それだけじゃないの」

「それだけじゃない？」

「最近ね、思うの……きっと私は幸せ者なんだろうなって」

葵さんは窓の外に浮かぶ月を眺めながら続ける。

「今日みたいにみんなでお祭りに行ったり、プールに行ったり、バーベキューをしたり、少し前の自分じゃありえないことだった。あの時、晃君が声を掛けてくれてなかったら、こんなに充実した毎日を過ごせてなかったと思う」

「葵さん……」

「今が一番幸せなの」

葵さんは瞳《ひとみ》を閉じて噛《か》みしめるようにそう言った。

「この幸せは晃君がくれたものだから……改めてお礼を言いたかったんだ」

葵さんの言葉を聞いて、正直言うと複雑な気持ちだった。

葵さんのこれまでを考えれば、今が幸せだと思えることは間違いなくいいことだ。

ただ、このくらいのことで幸せを感じられるということは、今までの生活があまりにも幸せから程遠かったということの証明でもある。だから些細《ささい》なことでも喜べるんだろう。

だから――。

「……こんなのまだまださ」

「え……？」

改めて思ったんだ。

「これから先、色々な問題を解決していけば今よりもっと心穏やかに過ごせるようになるし、友達と楽しく過ごすこともできるようにもなる。今の何倍も幸せだと思える日が必ず来る」

そのためなら、なんでも力になってあげたい。

「だからまずは、頑張っておばあちゃんを見つけよう」

「うん……そうだね」

夜空を見上げて温泉に浸かりながら、そんなことを思った。

＊

「……参ったな」

お風呂から上がった後、俺はなかなか寝付くことができずにいた。

枕元《まくらもと》に置いてあるスマホに目を向けると深夜の二時過ぎ。

眠れない理由は明確で、明日から再開する祖母の家探しに対する心配。それと、さっき葵さんと一緒にお風呂に入った興奮もあると思う……むしろそっちの方が大きいかも。

身体は疲れて休息を訴えているのに頭だけが妙に冴《さ》えている。

このままではいつまで経《た》っても眠れない。

夜風にでもあたって気分を切り替えようと思い、隣で寝ている瑛士を起こさないよう静かに寝室を後にする。

一階に下りると冷蔵庫から飲み物を取り出し、ウッドデッキへ出て椅子に座った。

夏とはいえ標高が高いこの場所は、夜になって風が吹くと肌寒さすら感じる。今はこの肌寒さと庭から聞こえてくる虫の音が、頭の中をクリアにしてくれるような気がした。

「残り一週間か……」

この別荘に来て一週間。

ちょうど折り返しで滞在できるのは後一週間。

それはつまり、祖母の家探しのタイムリミットを意味している。

目星をつけた候補地は三十ヶ所ほど残っているとはいえ、その中にある確証はない。

さすがにそろそろ見つからなかった時のことを考えなくてはいけない。

もし夏休み中に祖母を見つけることができなかったら――。

「葵さんは、どうするつもりなんだろう……？」

思わず呟いて、なにを言っているんだと自分に突っ込む。

どうするもなにも、見つからなかった時の選択肢なんて決まっている。

葵さんの祖母が見つからなければ頼れる相手は父親しかいない。居住問題と保護者不在による問題を全《すべ》て解決するためには、それ以外の選択肢なんてあるはずがない。

でも、それはなんとしても避けたい――。

「眠れないのかい？」

「……瑛士」

聞き慣れた落ち着きのある声が響いて振り返る。

すると、そこには穏やかな笑みを浮かべる瑛士の姿があった。

「悪い。起こしちまったか？」

「いや。僕も寝付けずに起きていたんだ」

本当か嘘かはわからないが、嘘だとしても瑛士なりの優しさだろう。

瑛士は椅子を引いて隣に座り、なにも言わずに虫の音に耳を傾《かたむ》ける。

「お祭り、少しは気分転換になったかい？」

「そうだな。思ったよりは気晴らしになったよ」

「それならよかった。少しだけ余裕がないように見えていたからね」

だろうな……隠しきれていない自覚はあったよ。

「正直……瑛士の言う通り余裕がなかったんだと思う。いや、今だって余裕なんてないんだ。もしおばあちゃんが見つからなかったらと思うと、こうして夜も眠れない時がある」

「前にも言ったけど、見つからなかったとしても晃が転校するまで半年ある。慌てる理由はないと思っていたんだけど……なにか事情があるんだろうね」

いい加減、自分の焦《あせ》りを隠す余裕はない。

今も昔も、きっとこれからも、瑛士に隠し事はできないんだろうなと思った。

「ここだけの話にしてもらえるか？」

「もちろん。僕の胸の内に留めておくと約束するよ」

なにより、これ以上一人で抱えていられなかった。

「実はさ……葵さんのお父さんと会ったんだ」

「葵さんのお父さん？」

普段冷静な瑛士が珍しく驚いた表情を浮かべる隣で、俺は事の経緯を説明し始めた。

瑛士たちとプールに行った日の帰り道、葵さんの父親と出会ったこと。

葵さんの父親は母親から葵さんを引き取って欲しいと頼まれて会いに来たが、アパートを引き払った後だったため葵さんに会えず、それ以来ずっと近所を探し回っていたこと。
既に再婚をして新しい家族がいて、葵さんに一緒に暮らそうと提案してきたこと。
夏休み中に返事を求められていて、もし一緒に暮らすとなると父親が県外に住んでいるため転校を伴う引っ越しをする必要があるということも。

まくしたてるように説明をした後、俺は大きく溜め息を漏らした。

「そんなことがあったとはね……」

さすがの瑛士も言葉に詰まっている様子だった。

「隠していたわけじゃないんだ。あれ以来、葵さんとはその話をしてなくてさ……葵さんもみんなに話すつもりはないみたいだったから、俺からその話をするわけにもいかなくて」

「うん。事情はわかるよ」

「葵さんが父親のことを黙っておばあちゃん探しを続けているのは、たぶん父親の世話になるつもりがないからだと思うんだ。でもそれは、おばあちゃんが見つかることが前提だから、もし見つからなかったら頼らざるを得ないと思うんだ……」

保護者不在の生活を続けられるほど未成年にとって世の中は優しくない。
もし祖母が見つからず父親も頼らないとなれば、最悪、葵さんが奉仕活動で足を運んでいる児童養護施設の子供たちのように然《しか》るべき場所で過ごす必要があるかもしれない。

葵さんを取り巻く環境が改善しつつある中、それだけは避けたい。

「一つ聞いてもいいかい？」

「ああ。なんだ？」

「葵さんがお父さんのお世話になるのはダメなのかい？」

「え……？」

瑛士は至って真面目《まじめ》な表情で尋ねてきた。

「僕がこれから話すのは第三者として客観的に状況を鑑みての話だから、落ち着いて聞いて欲しいんだけど――」

俺が明らかに拒絶の色を浮かべたからだろう。

瑛士はそう前置きし、俺に落ち着くように促してから話を続ける。

「母親に捨てられた葵さんの元に父親が現れて、面倒を見ると言ってくれている。状況だけを見れば葵さんにとって決して悪い話じゃない。もちろん新しい家族の問題があるのはわかっているけど、それ以上に葵さんの今後にとってメリットが多いと思う。実の父親ともなれば住む場所の問題が解決するだけじゃなく、保護者関係の問題も全部解決するからね」

「それはわかってる……」

例えば進学する際の保護者の同意であったり、高校を卒業して部屋を借りる際の保証人であったり、未成年であるが故のあらゆる問題が解決するだろう。

だけど、それでも俺は――。

「納得ができないんだね」

「ああ……」

瑛士相手に、今さら自分の気持ちを隠すつもりはなかった。

「実の娘を九年も放っておいた挙句、自分だけ新しい家族を作って幸せに暮らしていた父親を信用できない。母親から連絡をもらわなければ今だって葵さんを放っておいたはず。いくら父親だからって……そんな奴と一緒に暮らして葵さんが幸せになれるとは思えない」

「なるほどね」

きっと葵さんのことだから父親にも家族にも気を使う。

言いたいことも言えずに気を張り続け、きっといつか疲れ切ってしまう。人見知りで遠慮しがちな葵さんの性格を考えれば、そうなる未来は火を見るより明らかだ。

「晃の気持ちはわかるけど、僕はそこまで否定的にならなくていいと思う」

「どうしてそう思うんだ？」

「僕は葵さんの父親の肩を持つつもりはない。ただ、あくまで中立な立場として言わせてもらうと、葵さんの父親のことをなにも知らない僕らが必要以上に嫌悪感を抱くのは違うと思うんだ。もちろん、状況だけを聞けば多くの人が晃と同じ気持ちになると思う。でも、僕らに見えているのは複雑な家庭事情のほんの一面にしかすぎない」

瑛士はいつもの冷静な口調で語り続ける。

「もしかしたら晃も葵さんも知らない事情があるのかもしれない。いや、あって然るべきだ。それに目を向けずに拒絶をするのは父親に対してフェアとは言えないよね」

瑛士の言うことはもっともだ。

一面しか見えていないどころか、ほぼ見えていないといった方が正しい。

「葵さんのことを大切に思うなら、感情的にならずに父親がどんな人なのかを見極《みきわ》める。それこそ、葵さん以上にフラットな目で見てあげる方がいいと思う」

父親がどんな人なのかを見極める、か……日和に相談した時に言われたことと言葉の違いはあっても、本質的な部分は同じことを言っているんだろうと思った。

「…………」

わかってる。

そんなこと、頭ではわかっているんだよ。

それなのに……どうにもこうにも理性と感情のバランスが保てないんだ。

「ただね、僕は思うんだ――」

それまで冷静に語っていた瑛士の口調に柔らかさが戻った。

「僕が今言ったことなんて気にせずに、晃には心のままに行動して欲しいって」

「心のままに?」

「僕が今言ったことは客観的な意見であって心はない。一歩引いたところからメリットとデメリットを天秤《てんびん》に掛けて語ってるだけさ。でも、晃が悩んでいるのは心があるからだ」

心があるから……か。

「葵さんのことを大切に思っているからこそ悩んだり嫌悪感を抱いたりしている。どうでもよかったら悩んだりしない。晃には細かいことなんて無視して思うように行動して欲しいと思ってるし、今までだってそうしてきたじゃないか」

「瑛士……」

「その結果どうしようもなくなった時は僕も力になるからさ」

その言葉に心のざわつきが穏やかになっていくような感覚を覚える。

今ほど瑛士に相談してよかったと思ったことはない。

「ありがとう。おかげで少し頭を冷やすことができた」

「そうかい？　それならよかった」

瑛士はいつものように穏やかな笑みを浮かべた。

「それで、葵さんとはどんな話をしたの？」

「最初にどうしたらいいって聞かれて、葵さんの気持ちを尊重するって答えた。なにかあれば相談に乗るとは言ったけど、それ以来、特に話はしてない……信頼されてないのかな」

「相談されないことが、必ずしも信頼されていないからとは限らないさ」

「そうかな?」

「これは泉に言われて気づいたことなんだけどね——」

瑛士はそう前置きをして続ける。

「葵さんは出会った頃より、ずっと自分の気持ちを言葉にするようになったと思うんだ」

「ああ。俺もそう思ってるよ」

出会った頃はなにをするにも遠慮していて、意思表示をすることはなかった。

でも今は、自分からああしたいこうしたいと口にするようになったし、二言目には謝ってばかりいたのにお礼の言葉を言うことの方が多くなった。

たぶん変わり始めたのは夏休みに入ってからだと思う。

「以前の葵さんならともかく、今の葵さんが父親のことをなにも言わないってことは、遠慮しているからじゃなくて……もう答えが出ているからかもしれないね」

もう答えが出ている……?

「僕たちが心配するまでもなく、葵さんは自分の将来のことをきちんと考えているのかもしれない。僕や泉は最近の葵さんを見て、そんなふうに感じているよ」

「そっか……二人がそう言うのならそうなのかもな」

「だから晃は心配ばかりしてないで、もっと余裕を持って構えていてあげなよ。いつか葵さんが一人じゃどうにもならなくなった時、一番に頼れるのは晃なんだから。その時、晃が悩みすぎて頼りにならないようじゃ格好がつかないだろ？」

「そうだな……」

「話し合うことは大切。僕は今まで何度も晃にそう話してきた。でも、一から十まで全てを話す必要はない。時には見守ってあげることも大切で、きっと今はそういう時期さ」

瑛士の言う通り、葵さんには葵さんの考えがある。

いつでも力になれるようにしっかりしていないとな。

「それと一つ——」

瑛士は付け加えるように続ける。

「葵さんの気持ちに向き合うのも大切だけど、晃は自分の気持ちにも向き合わないといけない。昔からそうだけど、晃は自分の気持ちに疎《うと》すぎるからね」

「どういう意味だ？」

俺は瑛士がなにを言いたいかわかっているのにあえて言葉を濁《にご》した。

「言葉の通りさ。晃が葵さんの父親に対して、父親には父親の事情があるとわかっていながらも強い拒否反応を起こしている理由。それはなぜなんだろうね？　そろそろ晃は葵さんに対する自分の感情に名前を付ける頃だと思うよ」

瑛士はそう口にすると一足先にウッドデッキを後にした。

一人残った俺は、瑛士の言葉を繰り返す。

「自分の感情に名前を付ける頃、か……」

自覚がないわけじゃないんだ。

終業式の日、家を出て行った葵さんを見つけた時に気づいたこと。

葵さんに手を差し伸べているつもりでいて、差し伸べられていたのは他でもない俺の方だったこと。なにより葵さんが俺の初恋の女の子だったという衝撃の事実。

それらを知った時に、俺の中で大きな感情の変化があったのは確か。

「でも……」

この感情にどんな名前を付けるべきなのか、まだ俺の中ではっきりしない。

俺が葵さんを気に掛ける理由……これが友情なのか好意なのか、庇護欲《ひごよく》なのか自己満足なのか正義感なのか、それとも別の知らない感情なのか。未だ答えは出ていない。

夜風に吹かれながら何度も自問自答を続ける。

虫の声だけが暗闇《くらやみ》に響いていた。

# 第六話　真夏の捜索隊・後編

夏祭りを終え、俺《おれ》たちに残された時間は一週間となった。

夏休みはまだまだ続くが、葵《あおい》さんと泉《いずみ》はお盆明け以降に学校主催の奉仕活動に参加する予定が入っているため、見つからなかったとしても捜索期間を延長することはできない。

それに、今のままなら捜索期間を延長する必要はない。

というのも、候補地としてチェックした神社は残すところ三十ヶ所。

近場から探し始めたため残りの神社は別荘からかなり離れているが、それでも一日三ヶ所、二手に分かれて六ヶ所は回れるだろう。

となると、見つかる前提で考えれば計算上は――。

「あと五日もすれば結果が出るってわけだな……」

翌朝、俺たちは朝食を食べながら改めて状況を整理していた。

さすがにみんなも焦《あせ》りが湧《わ》いてきたのか、お祭りを楽しんでいた時のテンションの高さは息をひそめている。冷静になれば今がいい状況と言えないのは明らかだから仕方ない。

まぁ……誰《だれ》より焦っているのは俺自身なんだろうな。

昨夜は結局、ベッドに戻った後も落ち着かなくて明け方まで眠れなかった。

「もしもの話だよ?」

泉は念を押すように前置きをしてから続ける。

「もし見つからなかったら、どうするつもりなの?」

泉は葵さんを過度に不安にさせないように気を使って念を押したんだろう。

泉の配慮には感謝をしつつ、その可能性に触れておくべき時期だと思う。もちろん父親にお世話になる選択肢は伏せ、どうやって祖母を見つけるかという方法についての話だが。

「そうなったら捜索範囲を見直して一から探し直しだな」

「とはいえ、続きは二学期になってからだろうね。泉と葵さんは奉仕活動の予定もあるし、ずっとここに残り続けるわけにもいかない。学校が始まったら纏《まと》まった時間は取りづらくなるから夏休み中に見つけたいところだけど……悩ましいところだね」

瑛士《えいじ》が補足してくれた通り。

ただそうなると、葵さんが父親に返事をした後の話になる。

「………………」

父親と再会した時の、葵さんの困惑した表情が頭をよぎる。

葵さんがどんな答えを出すかはわからないが、俺としては葵さんが父親の世話になるという決断をせざるを得なくなる前に祖母の家を見つけるのがベストだと思っている。

残りの三十ヶ所の中に祖母の家がなかったとしたら。

「最悪……別荘を借りれるなら俺一人残ってでも探し続けるよ」

思わず箸《はし》を持つ手に力が入る。

ここまでやって手ぶらで帰ることなんてできない。

「その時は私も残る。特に予定はないから」

日和《ひより》は迷うこともなくそう言ってくれた。

「その辺りはおいおい相談しよう。今は探すことに専念しないとね」

瑛士は重くなりかけた空気を払うように声を上げた。

「とにかく情報が欲しい。神社近辺での聞き込みも積極的にしていこう」

「そうだね。そうと決まれば、暑さに負けないようにたくさんご飯を食べておかないとね！」

そんなわけで晃君、おかわりメガ盛で！」

「ダメだ。泉はどうせ食べすぎて動けなくなるんだからおかわり禁止」

「晃《あきら》君のいけず！」

泉は水揚げされたハリセンボンみたいに頰《ほお》を膨らませてプリプリ怒る。

朝食を済ませて片付けを終えると、俺たちはすぐに別荘を後にした。

＊

だが、焦る思いとは裏腹に時間だけが過ぎていく。

再開してからも数日空振りが続き、徐々に焦りは危機感へと変わり始める。

この状況が続けば嫌でも空気は重く、さすがに泉のテンションも下降線を描いていた。

誰もが口にしないだけで『やっぱり見つけるのは不可能なんじゃないか？』と思ってしまうのは仕方がないだろう。むしろこの状況で大丈夫と言える方が楽観的すぎる。

それでも時間だけは容赦なく過ぎていき、捜索を再開して四日目。

俺はいつものように葵さんと二人で神社を巡っていた。

「ここも違うと思う……」

日が傾《かたむ》き始めた頃、俺と葵さんはこの日三ヶ所目の神社に来ていた。

この頃《ごろ》になると神社の場所は自転車で片道一時間近く離れていて移動も大変。田舎道《いなかみち》を延々走ってやってきたこの神社も、残念ながら葵さんの記憶と一致はしなかった。

「そっか。念のため住宅街の方も見てから帰ろう」

「……うん。そうだね」

心なしか葵さんの笑顔に力がない。

いや、それは俺も同じか……葵さんを不安にさせまいと必死に笑顔を装っているが、不安の色が滲《にじ》んでいないかと聞かれたら、とても大丈夫だと言える自信はない。

それでも諦《あきら》めるわけにはいかない。

自転車を押しながら夕日に照らされる住宅街を見て回る。

夕食の時間も近いからだろうか、外に人の姿はなかった。

「これじゃ聞き込みもできないな」

家を眺めながら歩いている時だった。

「……あれ？」

目にした光景に思わず足がとまった。

「晃君、どうかした？」

「いや、それが……」

心配そうに声を掛けてくる葵さんを連れながら俺は住宅街を見て回る。

全《すべ》ての家を見て回った後、俺の中で一つの可能性が浮上した。

「……葵さん、一つ聞いてもいい？」

「うん。どうしたの？」

「おばあちゃんの名字も五月女《そうとめ》だよね？」

「そうだと思う。五月女は母方の姓だから、おばあちゃんも五月女のはず」

そりゃそうだよな。

よっぽどの事情がない限りは祖母も五月女で間違いない。

だとしたら……可能性を信じてスマホで検索をしてみる。

すると概《おお》ね予想通りの検索結果が表示され、ウェブページをいくつか読み進めていくうちに自分の中の気づきが確信に近いものと変わっていく。

「葵さん、おばあちゃんの家を見つけられるかもしれない」

「本当⁉」

「詳しい話は瑛士たちと合流してからにしよう」

まさかこんな形でヒントを得られるとは思わなかった。

でも、この気づきが現状を打破してくれるかもしれない。

俺たちは期待に高鳴る気持ちを抑えながら帰路に就いた。

＊

別荘に着くと、既に瑛士たちは帰宅していた。

事前に話があると連絡を入れていたこともあって早めに帰ってきてくれたらしい。

みんなをリビングに集めると、瑛士が早速本題を切り出した。

「なにかいい案が浮かんだんだって？」

「ああ。でも可能性の話だから、みんなに聞いてもらって判断したい」

俺はテーブルに地図を広げてから話し始める。

「結論から言うと、俺たちは見当違いのところを探していたのかもしれない」

「見当違いの場所？」

葵さんが不安そうに言葉を繰り返す。

「それって葵さんの記憶が違ったってこと？」

泉が葵さんをフォローするように声を上げた。

「断言はできないが、その可能性もゼロじゃないと思ってる」

「晃自身、まだ確証は持てていないような口ぶりだね」

「ああ。だからこそ、みんなにも一緒に考えてもらいたくてな」

そう前置きして、俺は自分の中の仮説を話し始めた。

「まず、俺が見当違いの場所を探しているのかもしれないと思ったきっかけは、住宅街を散策している時だった。ふと家の表札に目を向けたら、見慣れない名字が目に留まったんだよ。しかも一軒だけじゃなく、その地域で十軒中六軒の家が同じ名字だったんだ」

「そんなに⁉」

「ああ。さすがに目を疑ったよ」

「なるほど……」

驚きのあまり身を乗り出す泉の横で、瑛士が察したような表情を浮かべる。

これだけの説明なのに瑛士はある程度理解したんだろう。

「確かに特定の地域に集中してる名字は結構あるらしいね。その地域発祥の名字だったり、地名に由来した名字だったりすることが多いって聞いたことがある。極端な例だと、小学校のクラスで三分の一の生徒が同じ名字だった、なんてこともあったりしたらしいよ」

瑛士の言う通り、意外と地方では珍しいことではないらしい。

「同じ名字の家が並んでいるのを見て、ふと思ったんだ。五月女って名字はあまり聞かないし、もしかしたら同じように特定の地域に根付いた名字なんじゃないかって」

「結果は?」

日和が答えを急《せ》かす。

「ビンゴだった。細かく調べてみたら五月女って名字は関東を中心にみられる名字で、特に俺たちが住んでいる県に多いらしい。しかも一部の地域に集中していた」

「どの辺りなんだい?」

瑛士に言われて地図に指をさす。

「もっと確信できる情報はないかと思って、地図アプリで五月女って単語を検索してみたんだ。そうしたら五月女って名前のついてる個人商店や会社がいくつかあった。やっぱりこの辺りに集中しているのは間違いないと思う。ただ……」

思わず言葉を濁《にご》してしまった。

この仮説を証明するには、一つ大きな矛盾がある。

「この辺りは神社がないから除外した地域だったんだ」

それは瑛士たちも地図を目にしているからわかること。

その場所は俺たちの住んでいる地域から車で一時間程度、さらには山に囲まれた田園地域という条件は満たしてはいるものの、神社の近くという条件だけを満たしていない。

「つまり神社さえあれば条件に当てはまる地域だったってことだね」

「ああ……」

葵さんの記憶では近くに神社があった。

記憶を信じるなら候補地から除外されるが、もし葵さんの記憶違いだとしたら候補地に成り得るエリア。

「葵さんの記憶を疑っているわけじゃないんだ。ただ、神社の近くだったという条件を除けば可能性が一番高いから調べてみる価値はあると思ってさ」

「そうだね。小さかった頃の記憶だから絶対とは言えないと思うし……」

葵さんは改めて自分の記憶を探るように視線を泳がせる。

すると——。

「地図に神社がないからって葵さんの記憶が間違ってるとは限らないでしょ？」

「ん？　どういうことだ？」

泉が何気なく呟《つぶや》き、反射的に聞き返す。

「昔は神社があったけど今はなくなっちゃっただけじゃない？」

「「「え……？」」」

泉以外の全員が驚きの声を漏《も》らす。

盲点だった——その発想はなかったが、それこそ可能性はゼロじゃない。元々神社があったが、なんらかの事情で潰《つぶ》れてしまい今は地図に載ってないということはあり得る。

「泉、神社って潰れるとかあるの？」

「わかんないけど、災害で壊れちゃったとかはありそうだよね」

「確かに。あとは神社を管理する人がいなくなったら取り壊したりするのかな？」

可能性の話を掘り下げる日和と泉。

その会話を聞いていると、ふと先日調べたことが頭をよぎった。

「前にネットで神社について調べた時に知ったんだが、最近は経営難や後継者不足もあって神主さんが不在の神社が増えて、他の神社の神主さんが兼務していることが多くなっているらしい。それでも神主さんが足りない場合は統廃合されるケースもあるって書いてあった」

つまり、この地域にあった神社もやむを得ない事情で別の神社と統合された。

だとすれば、葵さんの記憶は正しいのに見つからなかった理由になり、この地域が葵さんの記憶にある場所だという可能性は充分にあり得る。

ただ、一つ大きな問題があるとすれば——。

「当時の状況なんて調べようがないな……」

「あるよ」

日和は即座にそう言った。

「この地図はネットからプリントしたんだけど、色々サイトを探してる時に年代別の航空写真が見られるようになってるサイトがあった。そのサイトで年代を遡《さかのぼ》って調べれば、昔は神社があったことが確認できるかもしれない」

目の前が開けたような感覚に気持ちが逸《はや》る。

「日和、みんなにサイトのＵＲＬを共有してくれ。全員で調べよう」

すぐに日和からＵＲＬを共有してもらって調べ始める。

きっかけは、同じ名字の人たちが集まっている住宅街を見かけたことだった。

一つの情報を基に可能性を調べ、矛盾や疑問について意見を交換し合い、ようやく答えに辿《たど》り着こうとしている。

逸る気持ちを堪《こら》えながらサイトを確認すると、地図は毎年更新されているわけではなく地域によって差はあるものの、五年から十年くらいの頻度で記録されていた。

新しい地図から遡って調べていくが、遡るにつれて動悸が早くなっていく。静まり返るリビングの中、自分の心臓の音が聞こえるんじゃないかと思うほど早く脈打っている。

「あった」

そんな中、静寂を破ったのは日和の一言だった。

みんな自分のスマホを放り出して日和のスマホを覗《のぞ》き込む。

そこには十五年前の地図が表示されていて、航空写真だからはっきりと断言はできないが神社と思われる建造物が建っている。

手元で広げている地図上では、そこは空き地になっていた。

「ここだ……ここしかないだろ！」

ようやく答えに辿り着きリビングが歓喜に沸く。

「やったね葵さん！」

「うん！」

葵さんと泉は喜びのあまりハイタッチしながら声を上げ、日和はお祝いとでも言わんばかりに冷蔵庫からプリンを持ってきて三人で食べ始める。たぶん乾杯のつもりだろう。

そんな三人の姿を目にしつつ、俺は安堵《あんど》のあまり気が抜けてソファーに崩れ落ちた。

「晃、お疲れさま」

すると瑛士が労《ねぎら》いの言葉と共にペットボトルのジュースを差し出した。

「ああ……まだ確定ってわけじゃないけどな」

ジュースを受け取りながら思う。

そう。まだ安心することはできない。

明日、足を運んでみなければわからない。

それでも全く手掛かりが見つからないところからここまで来たんだ。

今くらいは喜ぶ泉たちに野暮《やぼ》なことは言わず、俺も一緒になって喜んでもいいだろう。

「よし。明日はみんなでここに行ってみよう」

「うん！　別荘に来てからみんなで探すのって初めてだし楽しみだね！」

今朝《けさ》までのお通夜みたいな空気が嘘《うそ》のように明るい雰囲気がリビングを包む。

三日を残して、ようやく希望が見えた気がした。

＊

翌朝、俺たちはいつもより早く起きていた。

みんな逸る気持ちを抑えられなかったのか、示し合わせたわけでもないのに朝食の一時間前にはリビングに集合。寝坊がデフォルトの泉ですら起きてきた時はさすがに驚いた。

まぁ気持ちはわかる。なにしろ真っ先に起きたのが俺だしな。

それくらい、みんな今日に期待をしているんだろう。

いつものようにみんなで朝食と支度《したく》を済ませ、管理事務所がオープンするのに合わせて別荘を後にし、自転車をレンタルして管理事務所をいざ出発。

逸る気持ちを抑えながら安全運転で自転車を走らせること四十分――。

最初のうちは自転車を走らせながら楽しく会話をしていたが、目的地が近づくにつれ、みんな徐々に口数が少なくなっていく。

あの泉が大人しくしているあたり緊張のほどが窺《うかが》えた。

そうして辿り着いたのは、山間の麓《ふもと》にある田園風景に囲まれたのどかな場所。

毎年夏になると必ずテレビで放送するアニメ映画に出てきたような美しい田舎《いなか》の景色が広がる中、朝早くから田んぼや畑で仕事をしているご年配の方の姿があちこちにあった。

「日和、神社があった場所はどの辺りだ？」

「山の麓。ここからだと住宅地とは反対方向だね」

住宅地は後回しにして先に神社の跡地へ向かう。

言葉にし難《がた》い緊張感に包まれながら、俺たちは目的の場所へ辿り着いた。

「……ここか」

そこには、かなり大きい空き地が広がっていた。

空き地の周りには綺麗《きれい》に積み上げられた石垣が今も残されていて、中には大きな杉の木が立っているのを見るあたり、かつてここに神社があったという面影は残っている。

だが、建物は一つ残らず取り壊されていた。

これでは思い出の場所か判断するのは難しいと思った直後だった。

「――葵さん？」

葵さんは神社の跡地を後にする。

辺りを見渡しながら舗装もされていない道を歩いて住宅街へ向かう。葵さんの後を追いながら通りすぎる家の表札に目を向けると、何軒か『五月女』という名字が目に留まった。

やはりここで間違いない。

そう思った直後だった――。

「この辺の景色、見覚えがある……」

葵さんは小さく頷《うなず》くと、心なしか足早に歩みを進める。

いよいよだ。ついに探し求めた祖母の家に辿り着く。

逸る気持ちを抑えながら葵さんの後を付いて行くと、何度か道の角を曲がったところで葵さんは足をとめ、驚きとも懐かしさとも受け取れるような儚《はかな》い表情を浮かべた。

その視線の先に目を向けると、少し離れた先に二階建ての木造住宅が目に留まる。

「あの家？」

「うん……」

葵さんは家のすぐ傍《そば》まで近づくと歩みをとめ、まるで怯《おび》えるかのように自分の腕を抱いた。

それも仕方がないだろう。

ようやく見つけた祖母の家。

九年ぶりの再会は喜びよりも緊張の方が勝って当然だ。

自分のことを覚えてくれているだろうか？　覚えてくれているとして、受け入れてくれるだろうか？　久しぶりの再会を喜んでくれるだろうか？　その全てに確証がない。

俺が葵さんの立場だったとして、もし歓迎されなかったらと思うと足がすくむ。

俺たちが思う以上に葵さんの胸には複雑な想《おも》いが溢《あふ》れているに違いない。

「ここから先は俺と葵さんの二人でいくよ」

振り返り、みんなには申し訳ないがそう告げる。

「いきなりこの人数で押し掛けたら、おばあちゃんを驚かせちゃうと思うからさ」

「わかった。じゃあ僕らは神社の跡地に戻って待ってるよ」

「ああ。そうしてくれ」

瑛士は事情を察し、泉と日和を連れてその場を後にする。

みんなの背中を見送ってから、俺は改めて葵さんと向き合った。

「大丈夫？」

俺は無意識に葵さんに手を差し伸べていた。

「うん……ありがとう」

葵さんはそっと俺の手を握り締めた。

いつもなら手を繋《つな》いだりしたら恥ずかしくて仕方がないのに、この時ばかりは違った。手のひらから伝わってくる葵さんの不安と緊張が俺の頭を冷静にしていく。恥ずかしがってなんかいられない。少しでも葵さんの不安が和らぐようにと優しく握り返す。

だが、祖母の家まであと数メートルというところまで近づいた時だった。

俺たちは徐々に違和感を覚え始めた。

「これって……」

家の前に着くと、その違和感は確信に変わった。

「葵さん、この家で間違いない？」

「うん。でも……」

表札には『五月女』と書かれている。

葵さんの記憶とも一致していて間違いない。

この家に葵さんの祖母が暮らしていたのは間違いないんだろう。ただ『暮らしていた』と過去形で口にした通り、人が住んでいるとは思えないほどに荒れ果てていた。

雑草が庭を埋めつくし、郵便受けにはチラシの類が詰め込まれている。

雨風にさらされ続けたせいだろうか、窓の一部は割れ、屋根の瓦《かわら》が落ちてあちこちに散乱していて、少なくも空き家になって数年は経っているんじゃないかと思わされる。

決定的なことに、外壁に『売り物件』の看板が貼《は》られていた。

「……一応、確認しておこう」

人が住んでいる可能性はゼロだが、それでも確認せずにはいられない。

葵さんと一緒に玄関前に足を運んでインターホンのボタンを押してみる。

「「………」」

何度か押してみたが、電気が通っていないからか音は鳴らなかった。

当然の結果とはいえさすがに堪《こた》える。

「やっぱり誰も住んでいないみたいだな」

「そうだね……」

まさかこんな結果になるとは誰も予想していなかった。

ようやく手掛かりを見つけ、葵さんの記憶とも合致し、祖母に会えると思ったのに――そこに荒れ果てた家だけが残されていて祖母の姿はなかった。

いったいどこへ行ってしまったんだろうか？

結局振り出しか……そう思いかけた時だった。

「あなたたち、五月女さんのお知り合い？」

不意に声を掛けられて振り返る。

すると、そこにはお年を召した女性の姿があった。

「えっと……」

見ず知らずの人に声を掛けられ、どこまで事情を話すか判断に迷う。

でも、適当なことを言うよりも本当のことを話した方がいいと思った。

「はい。実は――」


それから俺たちは、葵さんがこの家に住んでいた人の孫だと説明をした。

併せて葵さんの事情と、その事情故に祖母を訪ねてやってきたこと。やっとの思いでこの家の場所を突きとめたものの、祖母の姿はなくて途方に暮れていたということを。

初対面の人に赤裸々に話しすぎだと思うかもしれない。

でも、もしこの人が祖母のことを知っているとしたら、正直に話した方が教えてくれると思った。仮にこの人が知らなかったとしても、田舎は噂《うわさ》が広まりやすいから誰か事情を知っている人に辿り着くかもしれないという期待もあった。


「そう。お孫さんがいるとは聞いていたけど、あなたがね……」

説明を終えると、女性は複雑そうな表情を浮かべた。

「なにかご存じではありませんか?」

だが俺たちの期待とは裏腹に、女性は小さく首を横に振った。

「五月女さんがここに住んでいたのは、もう七年以上も前のことだから」

「七年以上も前？」

するとと女性は懐かしむような瞳《ひとみ》を浮かべて話し出す。

「五月女さんは早くにご主人を亡くして、ここでずっと一人暮らしをしていたの。でも七年前に、ご実家の両親が病気を患《わずら》って介護が必要になったらしくてね。それを機にご主人との思い出の詰まったこの地を離れてご実家に戻られたのよ」

だからか……。

「どなたか実家の場所や連絡先を知っている人はいませんか？」

女性は先ほどと同じように首を横に振る。

「奥さんは遠くから嫁いでこられた人だったから」

「そうですか……」

その後、女性の厚意で近所の人たちに祖母の連絡先を知っている人がいないか確認をしてもらったが、やはり知っている人は誰もいなかった。

残念だが、これ以上探し続けても仕方がない。

俺たちは近隣の人たちにお礼を言って住宅街を後にした。

葵さんと神社の跡地へ戻ると、三人は入り口で俺たちを待ってくれていた。

遠目にみんなの期待に満ちた表情が見て取れたが、俺と葵さんの雰囲気から事情を察したんだろう。みんなの元へ着いた時、三人の表情に笑顔はなかった。

重い空気が漂う中、それでも事実を伝えなければと口を開く。

「葵さんのおばあちゃんは、もうあの家に住んでなかったよ」

「そっか……状況を説明してくれるかい？」

瑛士の問いかけに俺は葵さんに代わって説明を始める。

「結論から言うと、あの家は間違いなく葵さんのおばあちゃんの家だった。だけど、人が住んでいるとは思えないほど荒れててさ。途方に暮れていたら近所の人に声を掛けられて、その人が七年前くらいに実家に帰ったって教えてくれた」

事実とはいえ説明しているだけで気が重い。

徐々に俺たちを包む空気が重くなっていくのがわかった。

「近所の人におばあちゃんの実家を知ってる人はいないか聞いたんだけど、おばあちゃんはもともと地元の人じゃなくて遠方から嫁いできた人だから誰も知らないって」

ここに来て完全に手詰まりになるなんて思ってもみなかった。

つい一時間前、ここに向かっている最中までは希望に満ちていたのに、今は絶望のどん底に突き落とされたような気分。初めて絶望という言葉の意味を理解したような気すらする。

これ以上探す方法はないということを、その場にいる全員が痛感している。

最悪の結果に誰もが口を閉ざしたまま時間だけが過ぎていく。

今の今まで気にならなかった蟬《せみ》の鳴き声が妙にうるさく聞こえた。


翌日、俺たちは予定より二日早いが地元に帰ることにした。

葵さんの祖母の行方《ゆくえ》が完全に途絶えた以上、別荘に残っていても仕方がない。

諦めたわけではなく、いったん仕切り直そうという前向きな話し合いの末に決めたものの、本音ではショックなのを誰も隠せていない。

帰路に就く足取りが重くて仕方がなかった。

# 第七話　目を背けてきた想い

「それじゃあ、行ってくるね」

「ああ。気を付けて行ってきな」

別荘から帰ってきて数日後の午前中、俺《おれ》は玄関で葵《あおい》さんを見送っていた。

今日は学校主催の奉仕活動の日。

一学期に初めて児童養護施設へ行って以来、葵さんは定期的に奉仕活動に参加していた。

いつもは泉《いずみ》が一緒に参加してくれているから、俺は時間がある時や気が向いた時だけ参加するようにしている。できれば今日も参加したかったが大人しく自宅待機。

なぜなら、葵さんの祖母の家探しで夏休みの宿題が全く進んでいないから。

いや、葵さんの祖母の家探しのせいにするのはよくないな。やろうと思えばやる時間はあったし、日和《ひより》のように別荘へ行く前に終わらせるという手もあった。事実、瑛士《えいじ》も別荘に行く前に終わらせていたらしいし、泉や葵さんは寝る前に少しずつやっていたらしい。

つまり今の俺の状況は自業自得……。

さすがに残り二週間を切った今、奉仕活動に参加している暇はない。

葵さんを見送った後、俺は自室に籠《こも》って宿題に向き合う。

「……はぁ」

ため息ばかりが漏《も》れてしまうのは勉強が進まないからじゃない。

その理由は他でもない、葵さんの祖母の行方《ゆくえ》がわからないからだ。

帰ってきてからもずっと探す方法を考え続けているが、いい案が浮かばない。

念のため祖母の家を訪れた際に会った女性に、もし祖母についてなにか知っている人がいたら教えて欲しいとお願いして連絡先を渡したものの、正直期待はできないだろう。

じゃあ他にどんな手段があるだろうかと調べはしたが、人を探すプロに頼むなど確実性が高いほどお金がかかるわけで、高校生の俺たちにそんな余裕があるはずもない。

役所を頼ろうかとも思ったが、事情を話した時点で葵さんが然《しか》るべき形で保護されてしまいそうだし、公共のサービスを頼るとしたら最終手段のような気がする。

つまり、考えるほど有効な手段は残されていないのだと思い知らされた。

「となると……葵さんの居住問題を解決する方法は一つしかないんだよな」

もう何度目だろうか。葵さんの父親のことが頭をよぎった。

葵さんの父親は夏休み中に返事が欲しいと言っていた。

夏休みは残すところ二週間を切っていて、それはイコール、葵さんが父親へ返事をするタイムリミットを意味している。

初めて父親と会った日以来、葵さんとその件について一度も話をしていない。

祖母が見つからなかった今、葵さんはどう考えているんだろうか？

そもそもあれから葵さんは父親と連絡を取っているんだろうか？

一度話をしないといけないのかもしれない。

そう思った直後だった。

「え――？」

不意にスマホの着信音が鳴り響く。

画面を確認すると葵さんの父親からだった。

あまりのタイミングのよさに驚きながらも、一度深呼吸をしてから電話に出る。

「……はい。晃《あきら》です」

『葵の父です。今、少し大丈夫かな？』

電話越しの父親の声は、妙に落ち着いているように聞こえた。

「ええ。なんでしょう？」

『今近くに来ていてね。急な話で申し訳ないんだけど会って話せないかな？』

本当に急な話だ。こっちの都合なんてお構いなしなんだな。

ていうか、なんで俺に連絡をしてきたんだろうか。

「残念ですが、葵さんは学校の用事で外出中です」

『いや、違うんだ。勘違いをさせて申し訳ない』

「勘違い？」

『私が話をしたいのは葵じゃなくて、晃君となんだ』

一瞬、聞き間違いだと信じて疑わなかった。

「俺と……ですか？」

『二人きりで話ができないかと思ってね』

電話越しに沈黙が訪れる。

父親の意図するところはわからないが、誘いを断る理由はない。

むしろ葵さんのいないところで父親と話ができるのは好都合かもしれない。

相手のことを知らずにモヤモヤし続けるくらいなら、いっそ全《すべ》てを聞いてみればいい。

日和や瑛士が言っていたように、相手の事情を知った上で判断できるように。

「わかりました。いいですよ」

俺はそう答え、父親の誘いを受け入れることにした。

宿題のことなんてすっかり頭から抜けていた。

＊

葵さんの父親から電話をもらった俺は、すぐに待ち合わせ場所に向かった。

指定してきた場所は葵さんの父親と出会った日に三人で訪れた喫茶店《きっさてん》。

喫茶店に着くと、前回と同じ窓際の奥の席に座っている父親が目に留まった。案内をしてくれようとする店員さんに待ち合わせである旨を伝え、父親の待つ席に向かう。

「お待たせしました」

「こちらこそ、急に呼び出して悪かったね」

穏やかな笑顔を浮かべて見せる辺り敵意はないらしい。

とはいえ父親の本意がわからないうちは気を抜けない。

注文を聞きに来た店員さんにアイスコーヒーを頼み、改めて父親と向き合った。

「ご用件はなんでしょうか？」

世間話に花を咲かせるつもりはない。

早々に本題に入りたいという意思を示す。

「その後、葵はどうしているかと思ってね」

葵さんへの探りか。

まぁ、大方そんなことだろうとは思っていた。

「俺に聞くよりも本人に聞いた方が早くないですか？」

「そうなんだが……あれから全く連絡がなくてね」

全く連絡がない――？

つまり、葵さんは父親と再会してから一度も連絡をしていないってことか？

父親との同居の件でなにかしらやり取りをしているものだと思っていたが、本当に連絡を取っていないのだとしたら、父親が俺を呼び出した理由も想像がつく。

「君に葵の説得を頼めないかと思ってね」

まぁ、そうだろうな。

久しぶりに再会した娘と上手《うま》くコミュニケーションを取ることができず、困り果てた末に娘に近い存在、同級生かつ同居人である俺に助けを求めてきたってところだろう。

まぁ……九年も会わなかった娘を相手に気まずい気持ちはわからなくはない。

「今は晃君の家で世話になっていても、ずっと続けられるわけじゃない。そうなった時のことを考えれば早いうちに私と一緒に暮らす方が葵にとってもいいはずだ。もし葵が悩んでいるのなら、晃君から私と一緒に暮らすように背中を押してあげてもらえないかな？」

父親は迷うことなく一息で言い切った。

つまりこの人は、そうすることが葵さんのためになると心から信じているんだ。

母親に捨てられた可哀想《かわいそう》な娘を救えるのは自分しかいない。自分のしたことは棚に上げ、そんな正義感と義務感を胸に、今までの分も幸せにしてやりたいと思っているに違いない。

……葵さんがどう思っているのかを知りもしないで。

「お断りします」

父親は意外そうな表情を浮かべる。

「え……？」

「俺に頼まずご自身で葵さんに言うべきです。それに――」

この言葉の続きを言うつもりはなかった。

だが、葵さんの気持ちを考えていない父親を前に抑えることができなかった。

「俺は葵さんとあなたが一緒に暮らすことに反対ですから」

父親を真っ直《ます》ぐに見据え、瞬きもせずにはっきりと伝える。

これが俺の考えだと伝えるためにあえて語気を強めた。

父親は困惑した様子を浮かべる。

「……理由を聞いてもいいかい？」

「逆に聞きますけど、俺が賛成しているとでも思っていたんですか？」

苛立《いらだ》ちのあまり間髪入れずに質問を返す。

この父親は自分のしてきたことをわかっているんだろうか？

「九年間も放っておいて、一度も会いに来ないで、その間に自分は新しい家族を作って幸せに暮らしていて……葵さんを探しに来たのだって母親から世話を頼まれたからで、そんなことでもなかったら今も葵さんのことなんて放っておいたんじゃないですか？」

「それは――」

一度溢《あふ》れ出した感情はとまらない。

相手が大人とはいえ遠慮するつもりはない。

一度は娘を捨てた父親が、今さらどの面を下げて娘のためとかほざいているんだ。

「俺がそう思うくらいですから、葵さん本人だって少なからず似たようなことは思っているでしょう。葵さんから返事がないのだって、結局はそういう気持ちの表れなんじゃないですかね。だから俺は、あなたが葵さんを引き取る話は反対です」

父親は複雑極《きわ》まりない表情を浮かべて俯《うつむ》いた。

言いたいことは言った。これ以上話すことはない。

それなのに、どうしてこんなにも気分が晴れないんだろうか？

「晃君は……本当に葵のことを大切に想ってくれているんだね」

しばらくすると、父親は落ち着いた声でそう言った。

その表情はどうしてか、少しだけ満足そうだった。

「確かに晃君から見た私は酷《ひど》い父親に見えるだろう。事情を知らない葵から見た私も、きっと似たようなものなんだろうね。たった今、晃君が言ったこともあながち間違いとは言えない。でも、それでも……私が葵のことを大切に思う気持ちに嘘《うそ》はないんだ」

だから、どの口がその台詞《せりふ》を言うんだ――。

言葉が喉元《のどもと》まで出かかった時だった。

「だから理解してもらうために、晃君には全てを話そうと思う」

「全て……？」

「葵を説得してくれるかどうか、話を聞いてから判断して欲しい」

今さら綺麗事《きれいごと》を言ったところで変わりやしない。

ただ、それでも耳を傾《かたむ》けてしまったのは……。

「だけど、どうか最後まで笑わないで聞いて欲しい。これは、父親になり切れなかった男の恥を晒《さら》すような話だからね」

そう語る父親の瞳《ひとみ》から只ならぬ意志を感じたからだった。

＊

葵さんの父親との話し合いを終えて帰宅した後――。

俺はリビングでソファーに座り、葵さんの帰りを待っていた。

ふと時計に目を向けると夕方の五時をちょうど回ったところ。

喫茶店から帰ってきたのが三時頃《ごろ》だから、気が付けばもう二時間以上が経《た》っている。

この二時間の間、俺は葵さんの父親の話を何度も思い返していた。

聞かされたのは、俺が想像していた内容とは真逆の事実――父親が語ったことが本当だとしたら、俺が今までしていたことはなんだったんだろうと思わずにはいられない。

日が落ちて暗くなったにも拘《かか》わらず、電気もつけずに葵さんを待っていると、不意に玄関のドアの開く音がリビングまで響いてきた。

「ただいま」

葵さんはリビングの電気をつけながら帰宅を告げる。

葵さんのいつもの穏やかな声が、今だけは俺を動揺させた。

「電気がついてなかったから、お出掛けしてるのかと思っちゃった」

「ああ……ごめん。おかえり」

「……晃君、どうかした？」

葵さんは隣に腰を下ろすと、心配した様子で俺の顔を覗《のぞ》き込んできた。

そんなに不安そうな顔をさせてしまうなんて、今の俺はどんな表情をしているんだろうか。

心配を掛けて申し訳ないと思うものの、今だけは感情を隠せる気がしなかった。

「今日、葵さんのお父さんに会ってきた」

「え……」

葵さんは驚きのあまり声をなくした。

「葵さんが出かけた後に連絡をもらって話をしてきたんだ」

「……そっか。どんなお話をしてきたの？」

俺は顔を上げて葵さんと向き合う。

不思議と落ち着いた表情を浮かべている葵さん。

俺は口にし難《がた》い言葉を必死に絞りだした。

「葵さんは……お父さんと一緒に暮らすべきだと思う」

手のひらを返すようだが、これが今の俺が心から思うこと。

ずっと父親との同居に反対をしていた俺が、なぜそう思うようになったのか？

その理由を語るには、父親と話した内容を明かさなければならない。

＊

「だけど、どうか最後まで笑わないで聞いて欲しい。これは、父親になり切れなかった男の恥を晒すような話だからね」

そう語る父親の瞳から只ならぬ意志を感じた。

「昔話だから、少し長くなるかもしれないが許して欲しい」

父親はそう前置きすると、コーヒーで喉《のど》を潤してから語り始める。

「君も知っての通り、私が葵の母親と離婚をしたのは葵が小学校一年の時だった。だけど、私と葵の母親の夫婦関係は……それよりもっと前から破綻《はたん》していたんだ」

　確か葵さんもそのようなことを言っていた。

　幼稚園の頃から仲が悪かったと。

「原因は……母親の男性関係だった」

　なんとなく、そんな気はしていた。

　両親の離婚理由の中でもトップクラスに重い理由。

「葵の母親はあまり男癖《おとこぐせ》がよくないところがあってね。結婚するまで気づかなかった私にも非はあると思うけど、結婚後も葵が生まれてからも私以外の男性とお付き合いをしていた。それに気づいて話し合いの場を設けたが、母親は感情的になって話し合いにならなかった」

「…………」

　母親の失踪《しっそう》理由を考えれば、離婚理由も同じだったんじゃないかと想像はしていた。

　だが、想像通りだったからと言って父親に同情はできない。離婚理由だけに焦点を当てれば父親は被害者なのかもしれないが、父親が葵さんを見捨てた事実は変わらない。

　それは夫婦の問題であって、葵さんが捨てられていい理由にはならない。

「その後、まともな話し合いは行われないまま離婚をしたいと言われた。葵のことを考え関係の再構築も提案したが、母親は受け入れなかった。母親に葵を任せるわけにはいかないと思い、なんとか親権だけでもと思ったんだが……」

父親はテーブルの上に置いていた拳《こぶし》を固く握り締める。

「多くの場合において親権問題は母親が有利に働く。色々手は尽くしたものの、残念ながら私が葵の親権を得ることはできず、葵を引き取ることができなかったんだ」

冷静な口調からは想像もできないほど悲痛な表情を浮かべる。

どれだけ父親が苦悩してきたか……想像するのは決して難しくなかった。

「葵の母親から不貞行為に対する慰謝料を取ることもできたがしなかった。取ればその分、葵の生活が困窮《こんきゅう》することは目に見えていたからね。葵が不自由することがないように慰謝料は請求せず、養育費は毎月母親の希望する金額を払い続けた」

話を聞いて、自分の中の父親の印象が徐々に変わっていく。

父親の事情を理解していくにつれ、抱いていた嫌悪感が薄れていく。

「ただ……恥ずかしい話、当時の生活は楽ではなかった。自分の生活をしながら養育費を払い続けるのは金銭的負担が大きくてね。仕事を掛け持ちしたりもしていた。ただ……この九年間、約束通り養育費を払い続けても一度として葵と面会をさせてもらえたことはなかった」

「は……？」

思わず声が漏れた。

「九年間、ずっと養育費を払い続けてきたんですか？」

「ああ」

「一度も会わせてもらえなかったのに？」

「会わせてもらえなくても、私が葵の父親であることに変わりはないからね」

そこまで聞いてはっきりと自覚した。

俺は父親のことを誤解していたんだって。

「だが、そんな生活が数年ほど続いたある日、身体《からだ》を壊してしまったんだ。医者から働きすぎが原因と言われて、半ば無理やりのような形で休職をすることになってしまった」

そりゃそうだろう。

そんな生活をしていれば壊さない方がどうかしている。

「そんな時、今の妻に出会ったんだ。私の事情を知って支えてくれた。新しい家族を持つことに後ろめたさがなかったわけじゃない。葵を忘れようとしたわけじゃない。全ては葵と会いたい一心だった。いつか再会するためだけに九年間生きてきた」

グラスに伸ばした手に力が入る。

はたしてこの父親を責められる人が、どれだけいるだろうか？

母親の男性関係で離婚に至り、娘の親権を取れず、慰謝料だって取れたのに娘を思って請求せず、一度も会わせてもらえないのに九年間にわたって養育費を払い続けた。

必死に父親としての責任を果たそうとしているこの人だって、親である前に一人の人間。

この人自身が幸せになってはいけないなんてことは、きっとない。

父親のことをよく知ろうともせずに嫌悪感を抱いていた自分に嫌気すらする。

「もしかしたら晃君や葵にとって、私は酷い父親に見えるかもしれない。会おうと思えば会う方法はあったと思うし、葵を放っておいたと言われたらそれまでだ。でも……私なりに考えてのことだった。言い訳に聞こえるかもしれないけどね」

「いえ、そんなこと……」

「こんな形とはいえ、ようやく葵と再会できた。これからできる限り父親として葵を支えていきたい。この機会を逃したら、もう葵と会えなくなってしまうかもしれない。だからどうか、私と葵が家族をやり直すために協力をして欲しい」

大の大人が人目もはばからず高校生相手に頭を下げる。

その姿を見て、俺はなんて言葉を掛けていいかわからなかった。

一つだけわかっていることは、この人は葵さんを捨てたわけではなかったということ。それどころか九年もの間、必死に父親であろうと努力を続けていた。

全てを知り、こうして父親の想いを真正面から受けとめた今、改めて思うこと。

——俺の気持ちなんてどうでもいい。

——葵さんは父親と暮らすべきだ。

いや、今さらだ。

そんなことは最初からわかっていた。

でもどうしてか……嫌で嫌で仕方がなかったんだ。

その理由は父親の話を聞き終わった後もわからなかった。

＊

「そうだったんだ……」

俺が説明を終えると、葵さんは思いのほか落ち着いた様子で呟《つぶや》いた。

知らされた離婚の真相。

父親の想いと会えなかった理由。

本来なら俺の口から伝えるべきことじゃないのはわかってる。それでも父親から託された以上、きちんと伝えなければいけないと思い全てを語った。

「話をしながら思ったんだ。この人はきっと葵さんの父親として、これからの葵さんをしっかり支えてくれる。だから葵さんはお父さんと一緒に暮らした方がいいんだろうなって」

それが葵さんにとって一番だと思った。

父親が悪い人ではないとわかったんだから、俺が反対する理由もない。

祖母が見つからず、見つけられる当てもない今、俺が転校した後のことを考えればこれがベストなのは疑いようがない。十人に聞けば十人がそうした方がいいと断言するだろう。

「お父さんに一緒に暮らすって返事をしにいこう」

それなのに……どうして俺の本心は言葉とは真逆なんだろうか？

「晃君、お父さんとのお話を聞かせてくれてありがとう」

葵さんの穏やかな笑顔とは裏腹に、締め付けられるように胸が痛む。

そうだ……この笑顔を見られるなら俺の気持ちなんてどうでもいい。

大切なのは葵さんの未来で、それに比べたら俺の胸の痛みなんて些細《ささい》なもの。

そう自分に言い聞かせ、感情の全てを飲み込もうとした時だった。

「でもね、私はお父さんと一緒に暮らすつもりはないの」

「……え？」

葵さんは迷いなくそう口にした。

「どうして？」

聞き返さずにはいられない。

もう他に選択肢なんてないのに、どうして……？

そんな俺の焦《あせ》りとは裏腹に、葵さんは穏やかな笑みを浮かべ続けていた。

「お父さんに新しい家族がいるから？」

懸念《けねん》があるとすればそれくらい。

「それも全くないわけじゃないよ。私が一緒に住むことになったら、新しい家族に迷惑掛けちゃうだろうなって思う。でも……それとは関係なく最初から決めてたの」

「最初って、お父さんと再会した時？」

葵さんは首を横に振る。

「終業式の日。私はこの先なにがあっても、晃君が転校するまで一緒にいるって決めたの」

その一言に、心を優しく抱きしめられたような感覚を覚えた。

先ほどまで感じていた痛みが嘘みたいに引いていく。

「でも、どうして？」

「あの日、晃君が私のことを必要だって言ってくれたから」

葵さんの言葉に、あの日の記憶が蘇《よみがえ》る。

当時、俺たちはよかれと思って葵さんの力になっていたが、葵さんは助けられてばかりでなにも返すことができないと思い詰めた結果、黙って俺たちの前からいなくなろうとした。

探し回ってようやく葵さんを見つけた場所は、俺たちが通っていた幼稚園。

そこで俺は自分の気持ちを自覚し、葵さんに傍《そば》にいて欲しいと言った。

「……覚えてくれたんだ」

「もちろんだよ。初めて言われた言葉だもん。一生忘れない」

俺は転校を繰り返すあまり、人との別れに対して諦《あきら》めのような気持ちを抱いていた。

でも瑛士と泉と出会って、葵さんと一緒に生活をするようになって、いつしか今の生活を手放したくないと思うようになっていた。

そう思えたのは葵さんが一緒にいてくれたからで、もし葵さんと一緒に生活をするようになっていなければ、きっとまたわかったふりをして全てを諦めて転校していたと思う。

全部諦めたくない——あの一言は、そんな俺の想いの表れだった。

「だから、晃君が転校するまでは一緒にいるつもりだった。おばあちゃんが見つかってお世話になることが決まっても、二年生になってからにしようって思ってたの」

なんかもう……言葉がない。

葵さんが俺のことを考えてくれていたなんて思わなかった。

そうか……葵さんが父親のことを口にしなかったのは迷っていたからじゃない。迷う必要もなく、最初から俺と一緒にいると決めてくれていたからだ。

瑛士の言った通り、葵さんの中ではとっくに答えが出ていたことだった。

「もしこのままおばあちゃんが見つからなかったら、これからのことを考えなくちゃいけないんだけど……それでも晃君が転校するまでは、どんなことがあっても一緒にいるよ」

どんなことがあっても一緒にいる——。

改めて葵さんの口からその言葉を聞いた瞬間だった。

　これからも一緒にいられることを心から嬉《うれ》しいと思うと同時、俺がなぜ葵さんの父親に対してこんなにも嫌悪感を抱いていたのか……その理由に気づいてしまった。

　そうか……俺は葵さんの父親に悪者でいて欲しかったんだ。


　祖母のお世話になるとしたら、引っ越す必要はあっても転校することはない。

　一緒に暮らすことはできなくなっても、俺が転校するまで会えなくなる心配はなかった。

　だけど、もし葵さんが父親との生活を選んだら夏休みが終わると同時に父親の住んでいる県外へ引っ越し。当然転校することになり……もう会えなくなってしまう。

　俺はそれが嫌だった。

　葵さんと離れ離れになりたくなかったんだ。

　だから葵さんの父親を悪者にし、葵さんには父親を嫌いでいて欲しかった。そうすれば葵さんが俺の元からいなくなることはないからと。

　全ては俺が葵さんと一緒にいたいがために、はなから父親を悪者だと決めつけた。

「最低だ………」

　言葉と共に吐き気が込み上げてくる。

　自分の心の醜《みにく》さを目の当《ま》たりにして目眩《めまい》を覚えた。

「晃君……？」

葵さんが心配そうな表情で俺の顔を覗き込んでくる。

自分がどんな顔をしているかわからないが、きっと酷い顔をしているんだろう。

「葵さん……」

葵さんに今の気持ちを伝えなければいけないと思った。

もしかしたら嫌われてしまうかもしれない。

黙っていればいいものを、あえて語るなんて自己満足かもしれない。

それでも、これからも一緒にいると言ってくれた葵さんに対して嘘や誤魔化《ごまか》しはしたくない。

きっとそれをしてしまったら、俺は二度と葵さんと向き合えなくなってしまう。

たとえ軽蔑《けいべつ》されたとしても、伝えずに一緒にいてはダメだと思ったんだ。

「葵さんに聞いて欲しいことがあるんだ……」

「うん」

それは、懺悔《ざんげ》のような告白だった。

葵さんのことを大切だと思っていながら、葵さんにとって一番いい方法を取ろうとしなかった。自分と一緒にいて欲しいと思うあまり、父親を悪者にして葵さんから遠ざけようとした。

自分の心の醜い部分を全てさらけ出す。

その間、葵さんは黙って俺の話を聞いてくれていた。

「本当にごめん……俺、最低だよな」

嫌われてもいい覚悟で口にした。

すると葵さんはそっと俺の手を取り。

「そんなことない。むしろ私は晃君がそう思ってくれていて嬉しい」

胸の前で包み込むように握り締めた。

「それにね、私だって一緒」

「一緒？」

「お父さんと一緒に暮らせば全部解決するってわかってるのにそうしなかったのは、晃君が私を必要だって言ってくれたからだけじゃないの。ただ私が、晃君と離れ離れになりたくなかったから。私だって、自分の気持ちを優先しただけだもの」

「葵さん……」

「だから、そんなに申し訳なさそうな顔をしないで」

葵さんは慈愛に満ちた笑みを浮かべながら言葉にする。

つくづく思う……いつだって救われているのは俺の方なんだ。

でもきっと、葵さんは葵さんで似たようなことを思ってくれているのかもしれない。

別荘のお風呂《ふろ》で葵さんが言っていた言葉が思い出される。

『今が一番幸せ――』


俺だってそうだ。

心を通わせることができる相手がいる。

それがこんなにも幸せなことだなんて知らなかった。

*

夏休みも残すところ数日となった、ある日の午後――。

俺は葵さんと一緒に葵さんのアルバイト先の喫茶店にいた。

いつものように葵さんのアルバイト先に遊びに来たわけではなく、葵さんの父親へ返事をするために、葵さん自身がここを待ち合わせ場所に選んだ。

いつも瑛士たちと使っている席で俺と葵さんは父親と向き合っていた。

「素敵な喫茶店だね」

「私ね、ここでアルバイトをさせてもらってるの」

葵さんは心の整理がついたような穏やかな笑みを浮かべている。

いや、もしかしたら俺自身の心の整理がついたからそう見えているのかもしれない。

葵さんは小さく深呼吸をしてから本題を切り出した。

「晃君からお話は聞いたよ」

「そうか。じゃあ、葵の返事を聞かせてもらえるのかな？」

葵さんはしっかりと頷《うなず》く。

「私は……お父さんと一緒には暮らさない」

その瞳と言葉には明確な意志が込められていた。

「お父さんが私のことを大切に思ってくれてるのはわかったし、嬉しいと思ってる。でも私は、もう少しだけ今の生活を続けたいの。もちろん晃君が転校するまでだから、その先のことも考えなくちゃいけないのはわかってる。でもね……」

葵さんは穏やかに、でもしっかりと意志を言葉に乗せる。

「私、今の生活が好きなの。初めて友達ができて、大切だと思える人と出会えて、大変なこともいっぱいあるし、これからもあると思うけど……きっと今が一番幸せ。だから……この幸せを手放したくないから、お父さんとは一緒に暮らせない」

「……そうか」

父親は言葉を噛《か》みしめるように頷いた。

「ごめんね」

「謝ることなんてないさ。幸せだと思える今を大切にするべきだと思う」

葵さんがあまりにも迷いなく言葉にしたからだろう。

父親は安心して葵さんの想いを受けとめたように思えた。

「お父さんと会えたことは嬉しいと思ってるの。一緒には暮らせないけど、これからはなにかあったらお話をしたり、困ったことがあったら相談させてもらってもいい？」

「ああ。もちろんだ」

九年という時間は決して短くはなく、互いに大きな変化をもたらしたんだと思う。

でも、だからといって親子が歩み寄れない理由にはならないはずだ。

だってさ、二人はこうしてまた家族になれたんだから。

「葵、一つ聞いてもいいかい？」

「うん」

「葵もさっき言っていた通り、晃君の転校後はどうするつもりなんだい？　もし当てがないのなら、私が部屋を借りて家賃を負担してあげることもできる」

「そのことなんだけど、実はおばあちゃんのお世話になれないかと思ってたの」

「おばあちゃん？」

「うん。夏休みの間ずっと探してて、おばあちゃんの家は見つけたんだけど……もう住んでなくて。ご近所さんに聞いたら実家に帰ったらしいんだけど、さすがにわからなくて」

するとと父親は考えるようなそぶりを見せ。

「おばあちゃんの実家なら行ったことがある」

「本当?」

「ああ。お母さんと結婚する前にご挨拶《あいさつ》に伺《うかが》ったからね。たぶん覚えてる」

するとと父親はスマホを取り出して調べ始める。

しばらくすると葵さんに地図の位置情報が送られてきた。

「そこで間違いないと思う。訪ねてみるといい」

「ありがとう……晃君、やったね」

「ああ。お父さん、ありがとうございます!」

まさかこんな形で祖母の居場所がわかるとは思わなかった。

でもこれで全てが上手くいくかもしれない。

ようやく希望が見えた気がした。

「おばあちゃんに会えたら、私からもよろしく伝えて欲しい」

「うん。わかった」

「それともう一つ——葵の銀行口座の番号を教えて欲しい」

「銀行口座?」

「今までお母さんの口座に養育費を払っていたが……晃君から事情を聞いた限り、今後は葵の口座に直接振り込むようにした方がいいだろう。早速今月振り込み分からそうするよ」

「私は大丈夫だよ。晃君のお家にお世話になってるから家賃は掛からないし、アルバイトもしてるから少しずつだけど貯金もできてるし」

「今は必要なくても受け取っておいて欲しい。葵の将来の中で、きっといつか必要になる時が来る。その日まで手を付けずに貯金をしておいたっていいんだから」

「でも……」

それでも葵さんは遠慮をしようとする。

「葵さん。受け取ってあげなよ」

俺が口を挟むことじゃないのはわかってる。

でも父親の想いを知ってしまった今、受け取ってあげて欲しいと思った。

「……ありがとう」

その後、葵さんと父親はしばらく積もる話に花を咲かせた。

積もる話と言っても、半分は近況報告や世間話。離れ離れだった九年間の空白を埋めるにはまだまだ時間が掛かりそうだが心配ないだろう。時間はこれからいくらでもある。

ひとしきり話し終え、今日のところはこのくらいにしておこうと席を立つ。

「私、店長と少しお話ししてくるから二人は先に外で待ってて」

「わかった」

葵さんに言われるままに父親と二人で店の外へ。

するとと父親は妙にかしこまった感じで不意に頭を下げた。

「ど、どうしたんですか突然⁉」

「晃君、どうか葵のことをよろしく頼む」

父親は頭を下げたままそう言った。

人が頭を下げる場面に出くわしたことは何度かある。

でも、こんなに想いを込めて頭を下げる人を俺は今まで見たことがない。

大人だとか高校生だとか関係なく、一人の男として託されたような気がした。

「はい。俺にできることはなんでもするつもりです」

「ありがとう。困ったことがあったらいつでも連絡して欲しい」

父親は顔を上げると安堵《あんど》の表情を浮かべて右手を差し出す。

俺がその手を握り返すと。

「一つ聞いてもいいかい？」

「なんですか？」

「晃君は、葵のことを好きでいてくれているのかな？」

「え……？」

まさか父親からストレートに聞かれるとは思わなかった。

冗談かと思いきや父親の表情はいたって真剣。

だから俺も、返事を濁《にご》すわけにはいかないと思った。

「……正直、わからないんです。でも、大切には思っています」

「そうか。ありがとう」

でも、この返事は父親の期待とは違ったのかもしれない。

「お待たせ……二人とも、どうかした？」

店内から出てきた葵さんが不思議そうな表情で俺たちを交互に見やる。

「いや、なんでもないよ」

「ああ。なんでもない」

「そう？　ならいいけど」

葵さんは父親の前に立って笑顔を浮かべる。

「じゃあ私はここで失礼するよ。葵、元気でな」

「うん。またね、お父さん」

またね――その言葉は再会の約束。

父親は嬉しそうな表情を浮かべ、何度も振り返りながらその場を後にする。

俺と葵さんは、その背中が見えなくなるまで見送っていた。

「さて、俺たちも帰ろうか」

「うん。そうだね」

「まだ時間は早いし、どこか寄ってく？」

「そうだな……どこかで夕食まで時間を潰《つぶ》して食べて帰らない？」

「もちろんいいけど、葵さんからそんなこと言うなんて珍しいな」

「プールに行った日、帰りに晩ご飯食べて帰ろうって話してたけど、お父さんと会って食べに行きそびれちゃったでしょ？　あの時の埋め合わせにどうかな？」

「ああ。じゃあそうしよう」

「うん」

俺たちは時間を潰そうと駅ビルの中へ足を向ける。

こうして夏休みは終わりを迎えたのだった。

# 第八話　涙の再会

二学期が始まって数日後、金曜日のお昼休みのこと。

「そっか。そんなことがあったんだ……」

俺《おれ》たちは教室でお昼を食べながら、葵《あおい》さんの父親のことを話していた。

これまで話をしてこなかったわけだし、今となっては問題が解決した後のこと。

無理に話す必要もないかと思っていたが、祖母の実家の場所を知った理由を説明する上で父親の話題は避けられないと思い全《すべ》てを伝えることにした。

葵さん自身、隠したい訳ではなかったらしいからいいきっかけだろう。

まぁ……瑛士《えいじ》には俺から説明済みなんだが、その辺りは上手《うま》く話を合わせてくれるはず。

「二人に心配掛けたくないなって思ったら話しそびれちゃって……ごめんなさい」

「葵さんも考えがあってのことだろうから謝ることなんてないさ」

「そうそう。こうして後からでも話してくれただけで嬉《うれ》しいよ」

泉《いずみ》は葵さんの頭をよしよしと撫《な》でくり回す。

葵さんも嫌がるどころか頭を差し出している。

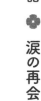

夏休み中も葵さんの変化は感じていたが、本当……最初の頃からは考えられない。あの孤高の金髪ギャルだった女の子が、今じゃこうして笑顔を浮かべているんだから。

なんだか振り返るだけで勝手に笑みが浮かんでしまう。

「それにしても、まさかこんな形でおばあちゃんの実家の場所が判明するとはね」

「ああ。よくよく考えてみれば、葵さんのお父さんが実家の場所を知ってるのは当然といえば当然なんだけど……驚きやら困惑やらで、さすがにそこまで気が回らなかったよ」

父親に祖母の家を探していると伝えなかったら未《いま》だに途方に暮れていただろう。

その意味でも、二人が歩み寄れて本当によかったと思う。

「いつおばあちゃんに会いに行く予定なの？」

「明日行こうと思ってるの。晃《あきら》君と二人で」

「そっか。今度こそ会えるといいね」

「うん。ありがとう」

泉の言う通り、今度こそ会えるはず。

そう思うと明日が待ち遠しくて仕方がない。

「とりあえず当初の目的は達成ってことでいいのかな？　もし仮に葵さんのおばあちゃんと一緒に暮らせないとしても、お父さんがいれば住む場所の問題はどうにでもなるよね」

「そうだな。もちろん、おばあちゃんと一緒に暮らせるのが一番だと思うけど」

それでも当初懸念していた二つの問題――。

校内での葵さんの悪評の改善と、俺の転校後の居住問題は解決したと言っていいだろう。

「なんか安心したらお腹《なか》空いてきちゃった」

「は？　今お弁当食べたばっかりだろ」

それは食事を忘れるくらいなにかに没頭していた時に言う台詞《せりふ》であって、今まさにお弁当を食べ終わった奴《やつ》がお弁当箱の蓋《ふた》を閉めながら言う台詞じゃない。

「そうだ葵さん、購買にデザート買いにいかない？　おばあちゃんの実家がわかったお祝いっていうか、前祝いって言った方がいいのかな？　どっちでもいいけど奢《おご》ってあげる！」

「本当？　ありがとう」

「葵さんと二人で行ってくるね！」

「うん。気を付けて」

手を繋《つな》ぎながら教室を後にする二人を瑛士と見送る。

泉の影響で葵さんまで暴飲暴食にならないといいけど……。

「まだ悩みは晴れないかい？」

なんて考えていると、瑛士にそう尋ねられた。

「いや、今悩んでるのはどうでもいい理由だ。おかげさまで悩みはないさ」

「それならよかった」

このタイミングで瑛士と二人きりになれたのはちょうどいい。

瑛士には散々心配も迷惑も掛けたから、きちんと説明をしようと思っていた。

「結局さ、俺は葵さんと離れたくなかったんだと思う。だから葵さんを引き取ろうとする父親に対して、葵さんを奪おうとする悪者みたいに思っていたんだと思う。最低だよな……葵さんのことを考えれば父親と一緒に暮らす方がいいのに、そうさせたくなかったんだ」

瑛士はいつものように俺の気が済むまで語らせてくれる。

「でも、葵さんはそんな俺の気持ちを受けとめてくれた。正直言うと、俺は転校したくない。葵さんだけじゃなく、瑛士や泉とも離れたくないと思ってる。葵さんはそんな俺の気持ちを汲《く》んで転校するまではなにがあっても一緒にいるって言ってくれたんだよ。瑛士の言った通り、葵さんの中で最初から答えが出ていたんだ」

実は葵さんからそう言われた時、ふと思い出したことがあった。

それは別荘で過ごした花火大会の夜のこと。

「瑛士にさ、この感情に名前を付けた方がいいって言われたろ?」

「うん。言ったね」

「俺もそこまでバカじゃないから、瑛士がなにを言いたいかはわかってるつもりだ」

つまり、葵さんに対する俺の気持ちの所在をはっきりさせるべきってことだ。

出会った当初、俺の葵さんに対する想《おも》いは後悔と同情だった。初恋の女の子になにもしてやれなかったことを後悔し、その子とどことなく似ていた葵さんに同情して手を差し伸べた。

それ以上でも以下でもなく、そこに他の感情は一切《いっさい》なかった。

でも一緒に過ごしていくにつれ、いつしか俺にとって大切な人になっていた。葵さんが初恋の女の子だったのも、もしかしたらそう思わせる理由の一つかもしれない。

「でも……この想いが恋かと聞かれたら実感はないんだ」

これが今の率直《そっちょく》な俺の気持ち。

「なにもないわけじゃないし、そういう関係になれたら楽しいだろうなって思う」

でもこの気持ちが恋愛感情なのか、今の俺には判断がつかない。

「だから転校までの残りの半年の間、ゆっくり考えてみようと思う」

「そうだね。それがいい」

幸い葵さんの抱える問題は解決が見えている。

これからは、そんなことを考える余裕もできるだろう。

＊

窓の外に視線を向けると相変わらず強い日差《ひざ》しが降《ふ》り注《そそ》いでいるが、吹き込んでくる風はずいぶんと涼しさを増し、気が付けば夏も終わりが近づいていた。

翌日、俺と葵さんは祖母の実家がある田舎町《いなかまち》に足を運んでいた。

祖母の実家は、先日訪れた祖母の家からさらに北に行った場所にあった。

俺たちが住んでいる街から電車で一時間半と遠いが、もし仮に葵さんが祖母と一緒に暮らすことになったとしても今の高校に通い続けることはできるだろう。大変だけど。

不安と緊張の中、俺たちはスマホのナビに従って足を進める。

いくつかの曲がり角を曲がると、開けた道の先に一軒の古めかしい家が建っていた。

ナビを見る限り、葵さんの父親に教えてもらった家で間違いない。

家の前には掃除をしている年配の女性の姿があった。

「葵さん」

「うん……」

あの女性が葵さんの祖母かと思い葵さんに声を掛けると、葵さんはわずかに瞳《ひとみ》を潤ませながら女性を見つめていた。どうやらあの人が祖母で間違いないらしい。

「葵さん、大丈夫?」

「うん。前の時ほどは緊張してない。でも……」

葵さんは俺に手を差し伸べてくる。

「この前みたいに手を握っててくれる?」

「ああ。もちろん」

差し出された手を握り返し、家に向かって一緒に歩き出す。

徐々に近づいていくと、祖母は俺たちに気づいて掃除の手をとめた。

すぐ傍《そば》まで近づくと、祖母は不思議そうにしながらも優しい笑顔を向けてくれた。

「こんにちは。どうかされましたか？」

俺の手を握る葵さんの手に力が込もる。

「……おばあちゃん」

葵さんは溢《あふ》れる感情を堪《こら》えながら精一杯口にする。

一瞬の静寂が俺たちを包み、次の瞬間――。

祖母は掃除道具を手放して葵さんの腕に縋《すが》りつく。

「葵……？　葵なの？」

「葵よね？　そうよね？」

「うん……ずっと会いたかった」

「ああ……なんてことなのかしら」

二人は涙なしにはいられず、どちらからともなく抱きしめ合う。

再会を邪魔しないよう、俺は一歩下がって二人を見守っていた。

「すぐにお茶を入れるので待っててくださいね」

「ありがとうございます」

感動の再会後、俺と葵さんは家の中に招かれていた。

祖母がお茶を入れてくれている間、横目で家の中を見渡す。

外観から古い家だとわかっていたが、内装はリフォームをしたのか新しい。

祖母は親の——つまり葵さんの曽祖父の介護のために実家に戻ったと聞いていたが、見たところ一人暮らしのようだった。

「お待たせしました」

祖母は三人分のお茶をテーブルに並べると、俺たちと向かい合うように腰を下ろした。

「それにしても……まさか葵が訪ねてくれるなんて夢にも思わなかったわ」

「ごめんなさい。突然押し掛けるような真似《まね》をしちゃって」

「いいのよ。両親の介護で実家に戻ってきたものの、数年前にどちらも亡くなってね。それ以来ずっと一人で暮らしていたから寂《さび》しくて。こうして会いに来てくれて嬉しいわ」

祖母は心から再会を喜んでくれているようだった。

「でも、よくここがわかったわね。お母さんから聞いたの?」

「ううん。違うの。おばあちゃんが前に住んでいた家に行ったら、ご近所の人に実家に帰ったって聞いたの。場所がわからなくて困ってたんだけど、お父さんに教えてもらったんだ」

「お父さん……？」

さすがに祖母もただならぬ事情を察したんだろう。

それまでの笑顔から一転して表情を曇らせた。

「葵だけで訪ねてくるくらいだから、なにかあったんだろうとは思っていたけど……私が想像していた以上に大変なことがあったのかしら。よかったら聞かせてもらえる？」

「うん。実はね……」


それから葵さんは、自身の身に起きたことを包み隠さず話した。

六月上旬のある日、母親が家賃を滞納したまま男と共に失踪《しっそう》したことでアパートを追われ、行き場を失くしてしまったこと。その際に俺と出会い一緒に暮らし始めたこと。

一緒に暮らせるのは俺が転校する来年の三月までで、それまでに葵さんが安心して暮らせる場所を見つける必要があり祖母を頼ろうと考えた。

そんな時、母親から葵さんを引き取って欲しいと頼まれた父親が現れて九年ぶりに再会。こうして祖母に会いに来られたのは、父親が実家の住所を覚えていたから。

葵さんの父親と再会した時は俺が全部説明したが、今は葵さんが自分の言葉で一生懸命に伝えていた。

「そう。そんなことがあったのね……」

葵さんが説明を終えると、祖母はハンカチで目元を押さえていた。

自分の知らないところで孫が大変な目にあっていたことに心を痛めてくれている。

こういうことを言ったら不謹慎《ふきんしん》かもしれないが、自分のために涙を流してくれる人がいるのは、それだけで幸せなことなんじゃないだろうか？

祖母の姿を見てそう思った。

「もし迷惑じゃなかったら、おばあちゃんと一緒に暮らしたいの……」

「もちろん。いいに決まってるわ」

不安そうに切り出す葵さんに、祖母は迷うことなく即答した。

「葵さえよければすぐにでも引っ越してきていいのよ」

「ありがとう。でも、お世話になるのは二年生になってからにしようと思うの」

「どうして？」

葵さんは照れるような表情を浮かべる。

「その……晃君が転校するまでは一緒にいたいの」

「……そう。わかったわ」

祖母は優しい笑顔を浮かべながら頷《うなず》いたのだった。

その後、俺と葵さんは祖母の作ったお昼をごちそうになり、時間の許す限り色々な話をして過ごした。葵さんも祖母も会えなかった時間を埋めるように会話を続ける。

きっとそれは、家族であれば当然の光景なんだろう。

でも、これまでの葵さんにとっては当たり前ではなく、両親と夫を亡くして娘とも音信普通だった祖母にとっても当たり前ではなかったのかもしれない。

だからこそ、こうして話ができる家族と再会できたことを嬉しいと思わずにはいられない。

二人の会話に時折加わりながら楽しい時間を過ごしていると、気が付けば日が傾《かたむ》いていた。

「葵さん、今日のところはそろそろ失礼しようか」

「うん。そうだね」

俺たちが帰り支度《じたく》を始めると、祖母は家の外まで見送りをしてくれた。

「じゃあ、また連絡するね」

「ええ。いつでも連絡して。遠慮しないのよ」

「うん」

葵さんと祖母は別れ際に身を寄せ合う。

「それと、晃さん」

「はい」

「葵とこうして再会できたのは晃さんのおかげです。本当にありがとうございます」

「いえ。気になさらないでください」

祖母は俺の手を両手で握り締める。

「どうかこれからも、葵のことをよろしくお願いします」

想いと比例するように、祖母の手に力が込められる。

俺も応《こた》えるようにその手を握り返した。

「任せてください。葵さんがおばあちゃんと一緒に暮らすまでの間、俺が責任を持って葵さんを守りますから」

祖母と約束をしてから家を後にする。

長かった夏の終わり、ようやく全ての問題が解決したのだった。

# Epilogue　エピローグ

それから数日後の放課後、俺《おれ》は教室に残って机に向かっていた。

「葵《あおい》さんのことで必死なのはいいけどさ、宿題くらいやっておかないと」

「ぐぬぬ……」

前の席に座っている泉《いずみ》が呆《あき》れた感じでからかってくる。

そう。なんで放課後に居残りなんかしているかというと、クラスで俺だけが夏休みの宿題を提出していないから。先生に今日中に提出しろとぶち切れられて今に至る。

「仕方ないだろ……それどころじゃなかったんだから」

「それどころじゃないって言っても、わたしたちはちゃんとやってるしねー」

「ぐぬぬぬ……」

それを言われるとなにも言い返せない。

でもまぁ――。

「葵さんの抱えていた当初の問題が全部解決したんだ。その代償だと思えば夏休みの宿題をやらずに居残りさせられるくらいどうってことない。そんなわけで瑛士《えいじ》、宿題写させてくれ」

「無理だよ」

「なんで？」

「僕も泉も葵さんも提出済み。教えてあげることはできても丸写しは無理だね」

そりゃそうだ……提出してないから居残りなんだもんな。

落ち込む俺の隣で葵さんが手を合わせながら申し訳なさそうな表情を浮かべている。

「まぁいいさ。やり残したことは宿題くらい。さっさと終わらせて——」

気を取り直して取り掛かろうとした時だった。

「あー！　やり残しと言えば！」

泉が不意にバカでかい声を上げて立ち上がった。

正面にいた俺は泉の叫び声のせいで耳鳴りがヤバい。

「ったく……なんだ？　どうしたんだ？」

「ミッションが途中だった……」

叫び声を上げたテンションから一転、泉がしょぼくれながら椅子に沈んでいく。

「そのことだけど、俺が気づいてないとでも思ったか？」

「えー……なんのことかなー？」

泉はしまったとでも言わんばかりの表情で誤魔化《ごまか》そうとする。

口を滑らせておいて、今さらしらばっくれようとしても無駄。

泉たちがなにをしようとしていたか？

結論から言うと、要は俺と葵さんをくっつけようと企《たくら》んでいたんだろう。

第一ミッションは葵さんの膝枕《ひざまくら》、第二ミッションは葵さんと間接キス、第三ミッションは
お祭りの夜に距離を縮め、第四ミッションは一緒にお風呂《ふろ》に入るように仕組まれた。

それ以外にも俺と葵さんを一緒の部屋にしようとしていたな。

思い返せば、泉と日和《ひより》は事あるごとにちょっかいを出していた。

「バレバレだっつーの」

つまり、俺たちが夏休みを利用して葵さんの祖母を探そうと奮闘していた裏で、泉と日和は
俺と葵さんの仲を進展させようと色々画策していたんだ。

よからぬことを考えているのは気づいていたが……まったく。

文句の一つも言ってやろうかと思ったが、当人の葵さんがいる前で『俺と葵さんをくっつけ
ようとするな』なんて言うわけにもいかない……。

「頼むからそっとしておいてくれ」

遠回しに変な気を回すなと注意をする程度に留める。

「だって……葵さんに頼まれたんだもん」

「は……？」

思わず耳を疑った。

「泉さん、ダメ――――！」

葵さんがかつて見たことがないほど取り乱しながら泉の袖《そで》を摑《つか》んで引っ張る。

なんかもう、恥ずかしいような照れているような泣いているような。とにかく羞恥《しゅうち》の極《きわ》みのような顔とテンションで『言わないでって言ったのに！』と泉に文句を言っている。

「えっと……どういうこと？」

さすがに頭の中が疑問符でいっぱい。

「つまり、葵さんが晃《あきら》ともっと仲良くなりたくて泉と日和ちゃんに相談したら、二人が悪ノリして葵さんの期待している以上にお世話を焼きすぎたってことだね」

「瑛士も知ってたのかよ！」

知らなかったのは俺だけじゃねぇか！

そう言えば、思い当たる節がないわけじゃない。

お風呂で葵さんと出くわした時、妙に前のめりだったのが気になっていたんだよな。

普通、お風呂に男がいたら悲鳴の一つもあげるもんだろうけど、そうしなかったのは俺がお風呂にいるのを知っていたからだと考えると納得がいく。

きっと泉と日和に言いくるめられたに違いない。

葵さんは純粋すぎてなんでも信じてしまうが故に、泉から『仲を深めるなら裸の付き合いが一番！』とか言われ信じてしまい、恥ずかしさを我慢して入ってきた。

!?
ごめん…

てっきり泉と日和が勝手に余計な世話を焼いたんだろうと思っていたが、まさか葵さんの方から二人に相談していたとは。

ていうか、俺と仲良くなりたいって……。

「違うの。違くはないけど違うの……」

葵さんはもうなにを聞いてもダメだろうなって感じで半泣き状態。

泉は葵さんに襟首《えりくび》を摑まれ、ぐわんぐわん引っ張られまくって目を回している。

詳しく聞きたいところだが……この件についてはしばらく触れない方がいいだろう。

なにしろ時間は半年もあるんだから、慌てることはない。

みんなが歓談を続ける中、俺は一人宿題に取り掛かる。


クラスのぼっちギャルを拾ってから三ヶ月と少し。

慌ただしかった夏が終わり、もうすぐ秋がやってくる。

誰《だれ》もが葵さんの問題が全《すべ》て解決したことを喜んでいたんだが……まさかこの後、さらなる問題が待ち受けているなんて、この時の俺たちは夢にも思わなかったんだ。

# クラスのぼっちギャルをお持ち帰りして清楚系美人にしてやった話

# あとがき

みなさん、こんにちは。

先月、新作『ダメすか』を発売したばかりですが、今月は『ぼっちギャル二巻』の発売ということで、お気づきかと思いますが絶賛デスロードを進行中の柚本悠斗《ゆずもとはると》ｄｅａｔｈ。

まずは一巻に続き二巻もお手に取っていただき、ありがとうございます。

作中は夏休みということで、晃と葵は色々ありつつも夏休みを満喫した回でしたが、この夏作者はなにをしていたかというと、ひたすら文字を書き続ける日々を過ごしていました。

朝から晩まで文字を書き続け、気が付いたら夏は終わっていました。

たぶんですが、八月は三日くらいしか家を出ていないと思います。

さすがに外出しようと思い、久しぶりにバイクで遠出をしようとしたところバッテリーが上がっているし、タイヤの空気圧は減っているし、なぜかフットブレーキはスカスカ……。

さらに、引き籠り生活で体重が増えてしまったのでダイエットしようとジョギングを始めたら、運動不足すぎて膝を痛めて全治二週間。まさかのドクターストップ。

そんな夏を犠牲に書き上げた二巻、楽しんでいただけたのなら嬉しいです（泣）。


さて、一巻のあとがきでも触れましたが、今作はＹｏｕＴｕｂｅチャンネル『漫画エンジェルネコオカ』にて私がシナリオを担当した漫画動画を小説として書き下ろしたお話です。

もし『漫画動画は見てないよ』という方がいらっしゃいましたら、ぜひ『漫画エンジェルネコオカ』にて元となった漫画動画も見ていただけると嬉しいです（現在五話まで連載中）。

同じ物語でも表現する媒体によって、面白さは変わってくると思います。

小説版だけではなく、漫画動画版も楽しんでもらえると嬉しいです。


最後に謝辞です。

引き続き小説のイラストをご担当いただいているｍａｇａｋｏ様。

漫画エンジェルネコオカにて漫画動画をご担当いただいているあさぎ屋様。

いつもお世話になっている担当氏、編集部の皆様。先輩作家の皆様。

小説化にご協力をいただいた漫画エンジェルネコオカ関係者の皆様。

なにより手に取ってくださった読者のみなさん、ありがとうございます。

また次巻でお会いできれば幸いです。

# クラスのぼっちギャルをお持ち帰りして清楚系美人にしてやった話

深夜0時、
俺は今──
……
同居中のクラスメイト、アオイさんと
ホラー映画を鑑賞している
ギィィィー
ぎゃあああぁ
パリーン
びくっ
おまけマンガ
～真夏の事件簿～
一時間前──
今から観るの？
え
うん…あ、あのね、
今日泉さんに
ホラーを観ないまま夏を終えると秋に恐ろしいことが起こるって言われて…
DVD貸してくれて…
そんな言い伝え初めて聞いたけど…

怖いなら別に観なくても…
どうせ泉の悪ふざけだし
で、でも
12時間以内に観ないと
呪われる的な怖い館
12時間以内に観ないとのろいが…
おろ
おろ
何なんだよアイツ…
嫌がらせか?
でも一人じゃ怖くて…
……
まぁ…夏と言えばホラーだよな…
この間はプールも祭りもバーベキューも経験して…
これもある意味夏のいい思い出になるか
…わかった
俺も一緒に観るよ
!
そして現在に至る—
アオイさん、眠い?
ん…
とちゅうでやめたら…
のろい…が…
あー…これは寝るな…
30分後、アオイさんは予想通り…寝た

俺の太ももの上で
うぉおおおお!?
えぇ…ちょ…なにこれ…
アオイさんの柔らかい頬が…髪の感触が…
まさか泉のヤツこうなることを予想して…?
くすぐったい…
ああ…しばらくこのままで居たい…
けど…
さっきからトイレ行きたいんだよなぁ…
ぶるっ
もうちょっとガマンしよう…
ていうか映画終わってるし
リモコン…
ぬぬぬ…
届かねぇ…
仕方ない…起こすか
アオイさーん
…ん～
映画終わりましたよー
ん～…
※アオイさんの寝起きはすこぶる悪い
リモコン取りたいから起きて下さーい
ん～～?…
ふふ
完全に寝ぼけてるな

んん…
もぞ…
りもこん…?
ちょ…
アオイさん…
手
そこは…
ーっ
もぞ…
どれ…?
!
びく
ちょ、
ちょっ…
ーちょ
!!!
それ
リモコンじゃ
ないやつ…!!!
この一件は
アオイさんの
名誉の為ー
俺の胸にだけ
ひっそりと
仕舞い込んだので
あった
真夏の事件簿～終～

祝!! ぼっちギャル②巻発売!!
1巻に引き続き、2巻もお風呂シーンがあって最高です!
キャラクター原案・漫画担当
あさぎ屋

## ファンレター、作品の
## ご感想をお待ちしています

〈あて先〉

〒106－0032
東京都港区六本木2－4－5
SBクリエイティブ（株）
GA文庫編集部 気付
「柚本悠斗先生」係
「magako先生」係
「あさぎ屋先生」係

**本書に関するご意見・ご感想は**
**右のQRコードよりお寄せください。**

※アクセスの際や登録時に発生する通信費等はご負担ください。

https://ga.sbcr.jp/

# クラスのぼっちギャルをお持《も》ち帰《かえ》りして清楚系美人《せいそけいびじん》にしてやった話《はなし》 2

発　行　　2021年12月31日　初版第一刷発行

著　者　　柚本悠斗
発行人　　小川　淳

発行所　　SBクリエイティブ株式会社
〒106－0032
東京都港区六本木2－4－5
電話　03－5549－1201
03－5549－1167（編集）

装　丁　　AFTERGLOW

印刷・製本　中央精版印刷株式会社


ISBN978-4-8156-1284-9
Printed in Japan　GA文庫

試読版は
こちら!

第15回 GA文庫大賞
GA文庫では10代～20代のライトノベル読者に向けた
魅力あふれるエンターテインメント作品を募集します！
世界を書き換えろ！
イラスト／ファルまろ
大賞賞金300万円＋ガンガンGAにてコミカライズ確約！
◆募集内容◆
広義のエンターテインメント小説（ファンタジー、ラブコメ、学園など）で、日本語で書かれた
未発表のオリジナル作品を募集します。希望者全員に評価シートを送付します。
※入賞作は当社にて刊行いたします。詳しくは募集要項をご確認下さい。
応募の詳細はGA文庫
公式ホームページにて
https://ga.sbcr.jp/